2
Rikei kanojo to
bunkei kareshi,
saki ni
kokuttahou ga
make
JN131577
彼女と文系彼氏、
先に告った方が負け

Tokuyama Ginjirou
徳山銀次郎
illust. 日向あずり

CONTENTS

PROLOGUE 003
TAKE 1 宇宙の話　前編 006
TAKE 2 宇宙の話　後編 020
TAKE 3 珠季の脚本 047
TAKE 4 紫燕の発熱 068
TAKE 5 初顔合わせ　前編 083
TAKE 6 初顔合わせ　後編 110
TAKE 7 文化祭準備 139
ACTOR 広尾流星 163
ACTOR 東福寺珠季 190
EPILOGUE 215

Fukukaichou
副会長

Takeru Mizumune
水宗尊
（生徒会長）

Ryusei Hiroo
広尾流星
「実は俺……ずっと前から
おまえのこと……好きだったんだ！」
Tamaki Tofukuji
東福寺珠季
「私もあなたのことが大好きです」

私は頭ごと湯船に潜り込む。
そんなことない。
そんなことない。
別に私は偽カップルが解消されてもいい。
そりゃあ、広尾君から告白してくるなら、
本当のカップルとして続けてもいいわよ。
でも、今日、奴は告白してこなかったじゃない。
彼のシナリオがわかったからこそ、
部室で告白されるかもと思ったのよ。

「ああ、もう！」

GA文庫

理系彼女と文系彼氏、先に告った方が負け 2

徳山銀次郎

GA文庫

カバー・口絵　本文イラスト
日向あずり

PROLOGUE

秋が深まってきた十月の正午過ぎ。

中庭を見渡せる教室の窓からは、あちらこちらと、複数の生徒たちが顔を覗かせていた。

その視線が集中するのは一つのベンチ。

そこに座る二人の生徒。

「東福寺、今日は俺がサンドイッチを作ってきたんだ。口に合うかどうか心配だけど」

「広尾君ありがとう。広尾君の作ってきてくれたサンドイッチなら美味しいに決まってるわ」

「ははは。先週、東福寺が作ってきてくれたおにぎりには負けるよ」

「ふふふ。おにぎりなんて誰でも美味しく作れるわよ。ただの食塩まぶした米だもの」

穏やかな日差しの下で繰り広げられる二人の会話は、それを見守っている生徒たちの心を癒していた。

「演劇部カップルは今日も尊いわ～」

「お互いに昼食作ってくるとか神かよ」

「それな～」


日本随一の進学校、私立峰藤学園には誰もが羨むカップルがいた。

文系一位の彼氏、広尾流星。

理系一位の彼女、東福寺珠季。

元々、文系と理系の対立があったこの学園でその架け橋となった二人は、SNSで話題になり一躍、有名に。

演劇部に所属していることから生徒たちに『演劇部カップル』と呼ばれていた。

そんな完璧とも言えるこのカップル――。

実は、とんでもない秘密があった。


「おい、東福寺。俺の書いた台本に勝手なアドリブをつけ加えるなといつも言ってるだろ。食塩をまぶした米だなんて、表現に風情がないんだよ」

「別にいいじゃない、細かい人ね。私はありのままの事実を述べただけよ。おにぎりの味なんて米に対する食塩の分量と、中に入っている具が何かで決まるの。そこに作った人の技術が介入する余地などないわ」

「同じ具でも握り方で全然違うだろうが。愛情を持って握るおにぎりは繊細で柔らかい味を出すんだよ」

「味覚器官に繊細とか柔らかいという刺激を感じ取る機能はないわよ」

「この堅物理系が……」

「何よ非合理的な文系……」


そう……二人は決して仲睦まじいカップルなんかではない。

台本通りに演じている偽のカップルなのだ。

TAKE1　宇宙の話　前編

月末に控えた文化祭。

演劇部はそこで披露する演目の稽古に日々、勤(いそ)しんでいた。

「だいぶ様になってきたな。一旦(いったん)、休憩にしよう」

パンパンと手を叩き、部長の流星(りゅうせい)が声をかける。

部員たちは各々に散らばり、バッグから取り出した飲み物で水分補給をする。

演劇部に所属する部員数は全員で四人。

二年生の広尾(ひろお)流星に東福寺珠季(とうふくじたまき)、一年生の日比実々花(ひびみみか)と有崎紫燕(ありさきしえん)。

そのうちの一人、実々花が流星の元にトコトコとやってきて言った。

ふんわりボブに丸メガネのかわいらしい女子だ。

「部長、エキストラお願いしてたイラスト研究部が明日から稽古に参加できるって、ライン来てました」

「おう、そうか。ありがとう」

今回の演目は流星が脚本を書いた高校生の恋愛物語だ。

都会育ちの女子が田舎に引っ越し、その転校先の男子と恋に落ちるという話。

男子役はもちろん流星。転校生の女子役は珠季。その友達役として一年生の二人が配役されているのだが、学校が舞台とだけあって、四人だけでは味気ない。

そこで普段から交流のあるイラスト研究部にクラスメート役としてエキストラの出演をオファーしていたのだ。

「文化祭までまだ時間もあるし、これで安心ですね部長」

「そうだな。でも、こんな早くからいいのかな。いつも文化祭前はイラ研も展示会の準備で忙しそうにしてるのに」

「なんか展示用のイラストを今年は手描きじゃなくてＡＩ？　で描いたらしくて、もうほとんど、やることないって言ってました」

「ああ、例のＡＩイラストってやつか。確かに作業としては効率的なんだろうけど、しかし科学の進化ってのは末恐ろしいな。去年の展示会で見たイラ研が描いたイラスト好きだったのになぁ」

そんな二人の会話に珠季が割って入る。

「あら、科学技術の発展こそ文化と言えるんだから、文化祭の趣旨に則った賢明な判断じゃない」

そう言って、珠季は持っていたペットボトルに刺したストローの先を口に運ぶ。

その後ろをひっつき虫のごとくついてきた紫燕も、トレードマークのツインテールを揺らしながら珠季に賛同する。何を考えているかわからないポーカーフェイスの女子だ。

「そうですよ。新しいものに対してすぐ否定的になるなんて、広尾部長は頭がジュラ紀並みに古いですね。タイムマシンに乗って恐竜たちと戯（たわむ）れてきたらどうです？　そのまま戻ってこなくていいので」

「待て待て待て。別に俺（おれ）は否定なんかしていないし、有崎、おまえは後輩にしては口が悪すぎる」

紫燕は珠季信者であり、流星を若干なめている女子でもある。

「これは。心にもあることをつい口走ってしまいました」

「せめて心にもないことを口走れ」

「そうですね……では、タイムマシンに乗ったけど失敗してブラックホールに飲み込まれて宇宙のもくずとなればいいのに」

「さっきよりも酷くなってるんだよ。だいたいタイムマシンの話でなぜブラックホールが出てくる」

「タイムマシンとブラックホールはちゃんと関連性あるわよ」

答えたのは珠季だった。

「え、そうなの？」

流星は意外な返答につい素になる。

確かに思い起こせば、タイムトラベルを扱った映画なんかでは、ブラックホールが出てくることが多い。そこら辺の難しい話は深く考えずに観ていたが、理系一位の彼女に言われたら、そうなの？　としか返す言葉が出てこない文系彼氏である。

「さすが紫燕は理系志望だけあって、よく知ってるのね」

「当然です。私は珠季先輩の作ったレールを一歩たりとも外れずに進む女ですから」

「ああ……そう、すごいわね」

さすがの珠季も紫燕の言っていることが理解できず、とりあえず苦笑いで返す。

そんな会話の中で次に口を開いたのは実々花だった。

「文系志望の私にとってはなんだか難しそうな話ですー」

これに返答したのも珠季。

「そんな難しいことでもないわよ、日比さん。タイムマシンもブラックホールもつまるところ宇宙の話なの。宇宙のことを知ればどちらもよく理解できるわ。宇宙ってすごいロマンがあって面白(おもしろ)いのよ」

ふと出た珠季の言葉に驚愕(きょうがく)したのは流星だった。

「な……ッ！　東福寺……今なんて！」

「どうしたのよ急に。宇宙の話はロマンがあって面白いわよって言っただけじゃない」

「東福寺の口から……ロマンなんて言葉が出てくるなんて」

後輩がいる手前、仲良しカップルの体(てい)を保たなければいけないので、珠季は精いっぱいの笑顔を作りながらも、最大限の怒りを言葉に乗せて流星に返す。

「まあ、冗談が上手(うま)いのね広尾君は。まるで私が、それこそ感情のないAIとでも言いたいような口ぶりだわ。ふふふ」

珠季がブチギレていることを一瞬で悟った流星は慌てて弁明する。

「違う違う！　俺、宇宙の話が好きなんだ。東福寺の言う通り宇宙ってロマンあるよな！」

「え……広尾君も宇宙好きなの？」

流星からの意外な返答に一変して態度を変える珠季。その目はキラキラと輝いていた。

「ああ！　子供の頃から好きで……宇宙ってこう、なんというかワクワクしてくるよな」

「わかる！　宇宙のこと考えるだけで時間があっという間に過ぎるくらい興味をそそるわよね！」

「俺なんか一日中、宇宙関連の情報を調べてたこともあったくらいだ！」

「私だって、徹夜で宇宙について考えてたことあるわ！」

「東福寺！」

「広尾君！」

ガシッ――。

二人は勢いよく互いの手を握った。

何かと対立し、裏でいがみ合っていた二人だが、思わぬところで、共通の趣味を見つけ、そのテンションは最高潮に上っていた。

「さすが部長と副部長は今日も仲いいですね。尊いです～」

二人をカップルだと信じ、演劇部カップルファンの筆頭でもある実々花は、目の前で繰り広げられている光景を、最大の惚気（のろけ）だと思って、一人でありがたがっていた。

一方、紫燕はといえば、そもそも共通点を見つけて喜ぶなどクラス替え初日の気になる男女かよ、と冷めた目で二人を見ていた。ちなみに彼女はこのカップルが偽であることをとっくに見抜いている。

しかし、紫燕はこのカップルが必死に演技をしながら様々なことに一喜一憂している姿を見るのが好きなので、さらに面白い方向に転ぶよう、スマホを取り出して、一つ提案を持ちかける。

「お二人、そんなに宇宙がお好きなら、都内で期間限定開催しているこちらのプラネタリウムに行かれてみてはどうでしょうか」

画面にはイベント会場のホームページ。

「へー、今こんなのやってるんだな。今度の休みにいいかもな」

上がったテンションのまま流星は素直に反応する。

珠季も、

「あら、楽しそうね。いいじゃないプラネタリウム」

と、まんざらでもない様子。

普段なら、こういった、いかにもデートに結びつきそうな話題は何かと理由をつけて避けたがる流星と珠季だが、盛り上がりの余韻で麻痺しているのか、紫燕の提案をすんなり受け入れる。

「休日は十一時の部と十五時の部がありますね。せっかくですから写真撮ってきてください。演劇部のインストに上げるので」

紫燕がここぞとばかりにミッションを追加するも、

「わかった。中は無理だと思うけど、外観の写真なら撮れるだろ。十一時の方でいいよな東福寺」

「そうね十一時のに行きましょう。写真撮ったらラインの演劇部用グループに送るわ」

あまりに事が上手く運ぶので紫燕はニヤニヤが止まらなかった。できれば尾行したいがあいにく週末は用事がある……まあ、贅沢は言わずにおこう、とスマホをしまう紫燕。

そんなこんなでデズミーデート以来の、演劇部カップル二人きりで行くお出かけが今週末に決まった。

デズミーデートの時と違うのは二人が前のめりということ。

前のめりを超して楽しみにしているのだ。

こんなふうに。

（まさか東福寺が宇宙を好きだったなんて……。俺の家にも宇宙関連のブルーレイがたくさんあるぞ。『宇宙人戦争』、に『スター・ウォーリアズ』、アニメなら『キャップをめざせ』も。東福寺のお勧め宇宙映画はなんだろうか。プラネタリウム観たあとにいろいろ聞いてみよう）

（意外だわ、広尾君が宇宙に興味あるなんて。ブラックホールとタイムマシンの関連性を知らなかったってことは、一般相対性理論は詳しくないのかも。特殊相対性理論とどう違うのかプラネタリウムを観終わったら簡単に教えてあげましょう。ついでにジェームズ・ウェッブ宇宙望遠鏡が撮影した写真を見せて、広尾君はビッグバン理論についてどう思ってるか聞いてみようかしら）

（あ〜、週末が楽しみだ（わ））

◆

迎えた週末の土曜日。

少し遠出した都内の駅前で、流星はソワソワとしながらリュックサックの持ち手をギュッと握っていた。

時刻は十時二十分。

珠季との待ち合わせまであと十分ほどだ。

早く来すぎたかなとリュックサックを下ろしてから、近くのベンチに腰をかける。

胸に抱えたリュックサックのジッパーをぼんやり見つめながら、流星は独り言をこぼす。

「結局、全部持ってきてしまった」

この中には大量のブルーレイディスクが入っていた。

『宇宙人戦争』、『木星の旅』、『スター・ウォーリアズ』、『ワープガイダー』、『キャップをめざせ』その他、諸々……。『プラネタリウム』なんていうドキュメンタリー映画もある。

珠季にお勧めしたい映画を厳選して持ってくるつもりが、あーだこーだ言いながら、それこそブラックホールのようにリュックサックに吸い込まれていった作品たち。

どれかお気に入りが一つでもあれば無期限で貸し出しするつもりだ。

『さすが文系トップのセンス。どれも面白そうだわ』なんて言われて全部借りたいと言われたらどうしようか。

それで、あまりのいいチョイスに感服した珠季は、ようやく『合理性だけを求めていたら決してたどり着けなかった景色が観られたわ。さすが広尾君、宇宙のように素敵な男性ね。私、やっぱり広尾君のこと本当に好きみたい』と、素直になって……。

流星は緩んだ口元を抱えていたリュックサックで隠した。

そんな妄想にふけっていると、気づかぬうちに時間は過ぎ去っていたようで。

「あれ、もう約束の十時半だ」

待ち合わせ時間になっていた。

しかし、珠季が現れる様子はない。

時間にうるさい彼女にしては珍しい。

少しだけ待ってみるかと、流星はリュックサックのサイドポケットから『宇宙人戦争』の原作小説を取り出し、冒頭から読み始めた。

宇宙人が地球の侵略を本格的に始める、物語の中盤に差し掛かったあたりだろうか。

ふと、流星は顔を上げる。

来ない。

スマホを確認する。

特に通知もない。

画面の時刻表示は十時五十五分。プラネタリウムの開演時間まであと五分を切っていた。

というか、移動時間やチケットを買う時間を考えれば、もうデッドラインを越えていた。

流星はリュックサックを背負い直して、立ち上がった。

「おかしい」

珠季が遅刻していることに対するイラ立ちなどは一つもなかった。

なぜなら彼女は超がつくほどの合理主義者。

別の表現をするならド真面目のキッチリした女子なのだ。

時間を守らないことも、約束を破ることも、するはずない。

まさか寝坊するなんてこともないだろう。

そもそも十時半の約束なら、珠季でなくとも、そうそう寝過ごすことはない。

となると、イラ立ちなんかよりも心配が勝るのである。

「何かあったか……」

気になって流星はすぐに珠季に電話してみる。

が……出ない。

「うーん」

耳たぶをいじりながら、流星は考える。

心配なのは心配だが、行動するにもアテがない。

適当に、『帰るぞ』とラインでも入れて、帰宅してもいいんじゃないかという気持ちも芽生える。

しかし……。

「やっぱ気になるな……」

考えた末、一つだけあったアテを当たることに決めた。

そして、流星は元来た道を戻り、地元に帰った。

◆

地元の駅に着いた流星はそのままバスに乗り込んだ。

後輪のちょうど真上の席に座ってしまったため、ダイレクトな振動が腹に響く。

空腹も相まって乗り物酔いしそうだ。

気づけば時刻も、もうお昼時である。

十分ほどバスに揺られて某大学前のバス停で降りる。

別に大学に用事があるわけではない。

流星はかすかな記憶を頼りにそのまま通り沿いを歩き出した。

「確か……こっちだったよな。ああ、そうだ。あの大きな書店見覚えがある」

ひとまず方向が合っていることに安堵(あんど)しながら、流星は引き続き足を動かした。

そして、とある一軒家の前に着くと、表札を確認した。

『東福寺』

決してありふれた名字でもないので、間違いはないだろう。

一年前、一度だけ部活帰りに珠季を家まで送ったことがある。

その時のことを思い出して、珠季の自宅までやってきたのだ。

考えられるアテなんてこれくらいしかなかったのでとりあえず来てはみたが。

冷静に考えれば体調不良で寝込んでいるのかもしれない。親御さんが看病してたら、かえって自分が訪問することで迷惑になる可能性もある。

流星はインターホンを押すことに、今になってためらいを覚える。

しばし辺りをウロウロしたのち、考えていても仕方ないと、結局インターホンのボタンを押し込んだ。

安否だけでも確認できればいい。

が、返答はなかった。

留守なのだろうか、ともう一度押してみる。

反応なし。

「やっぱり留守か」

帰ろうかと流星が振り返った、その時だった。

玄関のドアがガチャリと開く。

「はぁい……」

気の抜けた声がその奥から聞こえた。

流星はもう一度、東福寺家の玄関を覗いた。

「と……東福寺？」

そこに立っていたのはフワフワと細い猫っ毛が膨らみ、まさに今起きましたと言わんばかりのスウェット姿をした珠季だった。

珠季は訪問者が誰であるか気づいたのだろう、半目状態だった瞼をガッと見開き、一瞬青ざめた顔をしたと思ったら、一秒後には真っ赤に頬を染め上げ、バンッと玄関のドアを閉め、姿を消す。

そして、再びそーっとドアが開き、ゆっくりと顔を覗かせた。

「い……いらっしゃい」

流星は小一時間ほど前にしていた彼女の評価を覆さざるを得なかった。

東福寺珠季は寝坊したのである。

TAKE2　宇宙の話　後編

昨晩のこと。

珠季は自室の本棚を目の前に、仁王立ちしながら長い指で顎をなぞっていた。

「どうしようかしら」

珠季の部屋の本棚には比較的、彩度の低い本が並んでいる。

漫画や雑誌などは置かれておらず、そのほとんどが参考書や問題集といった受験対策のものに始まり、理系分野の学問を取り扱った新書などで構成されている。

そんな珠季が見つめる本棚にはいくつか穴が開いていた。

なんてことない、今さっき珠季が三冊ほど抜き取ってテーブルの上に積んだからだ。

『宇宙に行く前に読みたい宇宙論』

『量子力学で宇宙を紐解く』

『ビッグバンは本当にあったのか？』

珠季が好きな鉄板の三冊だ。

これに加え、あと二冊ほど棚からテーブルに移動したい。

しかし……。

「いくら読書家の広尾君とはいえ、いきなり五冊もお勧めしたら読みきれないかしら……」

うん、そうだ。と、本棚の前から一旦は離れるも、再度、元いた位置に戻り。

「でも、あれとあれはやっぱり、読んでほしいなあ」

これを既に五回以上繰り返している。

そこから二十分あーだこーだと悩んだ結果、さらに候補が増え、結局、計六冊の本を抜き出し、用意していたトートバッグに収納した。

「やばい……意外と重い」

試しにトートバッグを担いでみた珠季は、しかめっ面で言う。

時計を見ればもう二十三時を回っていた。

朝が早いわけではないが、あまり夜更かしをしてもと思い、珠季はトートバッグの重みを一旦なかったことにして、そのままベッドに潜り込んだ。

そして、そのまま目を閉じて考える。

明日はどの話からしようか。

いくら宇宙好きとはいえ彼は文系だ。

理系の自分と比べれば、多少なりとも知識量に差はあるだろう。

だとするならば、会話のエスコートをしなければいけない。

現代宇宙論について文系の彼にもわかりやすく、そして興味を持ってもらえるような展開で、解説する必要がある。

それが上手(うま)く成功したならば、明日は楽しくプラネタリウムを観て……『さすが理系一位の解説だけあってわかりやすい。今日は東福寺(とうふくじ)のおかげで宇宙のことをもっと好きになれたよ。でも宇宙以上に好きなものにも気づいた……それは東福寺、おまえだ』なんて――。


「寝れない……」


珠季はガバッと布団(ふとん)をめくり、上半身を起こした。

そしてテーブルの上に準備しているトートバッグに目をやった。

「もう一度復習しておこう」

せっかくバッグに入れた六冊の本を全(すべ)てテーブルに並べ直して、珠季はスウェット姿のまま読書を始めた。

重要な項目だけでいい。

抜かりのないよう、しっかりと知識を詰め直す。

万全（ばんぜん）な状態で明日を迎えたい。

　一冊読んでは次の本を手に取る珠季。

　そうして、夜は更け、気づいた時にはテーブルの上で突っ伏したまま寝ていた。

　ただ、かすかな記憶が残っているのは、カーテンの隙間（すきま）から光がさしていたこと。

　そして、珠季の起床を促したのは正午を過ぎた頃に鳴った、二度のインターホンだった。


　現在、珠季は自宅の浴室でシャワーを浴びている。

　うつろな瞳（ひとみ）で顔面にシャワーの粒を直接当てていた。

　まるで自身に罰を科すように。

　ただでさえ、寝坊して約束をすっぽかすという大失態をしているというのに、寝起きの姿を同級生、それも男子に見られた。

　頭はボサボサ、よだれの痕（あと）がついているかもしれない、しかもスウェット。

　こんな姿を見たら誰（だれ）でも思うだろう。

　だらしがない女だと。

「あぁーーーーーーーーーーーーーーーーもうっ！」

　シャワーヘッドに向かって珠季は叫んだ。

そんな浴室から上がった声にビクッと体を跳ねさせたのは、珠季の部屋で待機していた流星だった。

同級生の女子が普段過ごしている空間。

そこに一人でいること自体がもう緊張するのに、あろうことかその女子が同じ建物内でシャワーを浴びているのだ。ドキドキしない男子高校生などいない。

そんな極限状態で謎の叫び声が聞こえたら、体だって勝手に反応する。

「な……何やってんだあいつ？」

珠季が寝坊したことは聞いた。

寝起きで恥ずかしいからシャワーを浴びさせてほしいと言われ承諾もした。

その間、部屋で待ってろとの指示も受け入れた。

が、この流れで叫び声が聞こえる理由には見当がつかなかった。

あらゆる感情で混乱している精神を落ち着かせるため、流星は一度深呼吸をする。

自分の部屋とはまるで違う、いい匂いがする。

余計にドキドキしてしまった。

もう一度、冷静になって気持ちを落ち着かせてから、流星は部屋を見回した。

理系一位で有名な東福寺珠季の過ごしている部屋を、峰藤学園の生徒が想像したならば、おそらく大半が綺麗に整理整頓された様子を頭に浮かべるだろう。

それが東福寺珠季のキャラだからだ。

実際はそうでもなかった。

普通にベッドの上は布団がぐちゃぐちゃだし（これは起きたばかりだからというのもあるだろうが）。

床にはヘアアイロンが転がっている。

学習机には食べ終えたであろうグミの袋がそのまま載っているし、四つ脚の小さなローテーブルの上にはトートバッグが出しっぱなしだ。

特段汚いわけではないが、珠季のキャラとは違った、なんというか、普通の高校生らしい部屋だった。

しかし、流星は特段、驚かない。

普段から悪態をついてくる珠季の素の性格を知っている身から言わせれば、これくらいのギャップは想定内だからだ。

むしろ、そんな部屋を全く片づけることなくそのまま流星を案内し、シャワーを優先したことの方が不思議だ。

よっぽど寝起き姿を見られるのが恥ずかしかったのか。

女子にとっては片づける前の部屋と寝起きだったら、後者を見られる方が嫌らしい。

今後の創作に役立つかもと、一応スマホにメモを残しておく流星。

それにしても、ちょうど視線の位置にある、テーブルに置かれたトートバッグが気になる。

やたらとゴツゴツしている。

中に何を入れたらこんな存在感が出るのだろうか。

さすがに女子のバッグを勝手に物色するなんてことは、あまりにデリカシーがなさすぎると流星もわかっているが。

やはり気になる。

ちょっとだけなら……。

と、トートバッグの持ち手にそーっと指を伸ばした時だった。

ガチャ――。

部屋のドアが開いた。

流星は急いで指を引っこめる。

「おまたせ……」

濡(ぬ)れた髪をタオルで拭きながら珠季が現れた。

「お……おう」

元々いい匂いだった部屋にシャンプーの香りが漂う。

ようやく落ち着き始めていた緊張感が再び顔を出す。

「勝手に物色してないでしょうね」

ギクッとしながら流星は答える。

「するわけないだろ」

「あなたは私の下着姿を見た前科があるからね。信用ならないわ」

「あれは不可抗力だ。信用してないなら、こんなところで待たせるな」

「しょうがないじゃない。リビングは親が帰ってくるかもしれないし」

「親御さん、どっか出かけてるのか？」

「いや……わからない。その……寝てたから」

「ああ、そりゃそうか」

「……ごめんなさい。プラネタリウム観れなくて」

「ほう……さすがのおまえでも謝るか」

「当たり前でしょ。あなた私をなんだと思ってるの」

「まあ、ミスは誰にでもある。プラネタリウムに行けなかったのは残念だが、そんなに気にするな」

「な……なんかあまり責められないのも気持ち悪いわね。何か企(たくら)んでるの？」

「おまえこそ俺(おれ)をなんだと思ってるんだ。ずっと引きずられてもこっちが気を使うんだよ」

「……あっそ」

「……」

「……」

(東福寺の奴……なんだよ、普通に元気そうじゃないか。心配させんなよ。事故とか病気じゃなくて良かったわ……ったく)

(なんでこの人、こういう時だけ優しくなるのよ。もう……いつもはムカつくことばかり言うくせに……ちょっとだけキュンとしたじゃない。癪だわ)


グゥ～。

しばらくあった沈黙を破ったのは流星の腹だった。

「何？　お腹減ってるの？」

「ああ、昼まだ食ってなかったからな」

「ちょ……ちょっと待ってて」

そう言って珠季は部屋を出てスタスタと足音を鳴らした。

数分後、プラスチック製のランチボックスを抱えた珠季が戻ってくる。

「これ、よかったら食べる？」

目線を逸らしながら、ローテーブルを挟んで流星の向かい側に座る珠季。

珠季はテーブルのトートバッグをどかしてランチボックスを置くと、その蓋を開けた。

中にはラップに包まれたサンドイッチが入っていた。

「どうしたんだこれ？」

「昨日作りすぎた分、冷蔵庫に入れといたの。一応ランチボックスに入れてるから、そんなにパサパサしてないと思う」

「昨日？　夜食用か何かか？」

「そ、そんな根掘り葉掘り聞かなくてもいいじゃない！」

「いや、すまん。気になって」

「この前に広尾君が自分で作ってきたサンドイッチ……。すごい美味しそうに食べてたから、サンドイッチ好きなのかなと思って」

ぶっきらぼうに珠季が答える。

「ん？　てことは……俺のため？　でも昨日作ったんだよな」

「だから……！　今日のお昼用に朝作ろうと思ってたんだけど、失敗したら嫌だから、昨日練習で作ったの！　結局朝は作れなかったから昨日の残り物になっちゃったけど」

「お……おう、そうなんだ」

「私もお腹すいたから食べるわよ」

依然として流星から視線を逸らし続ける珠季は、ランチボックスからサンドイッチを一つ取って言った。

「それじゃあ、俺もお言葉に甘えて。いただきます」

「あっ！」

「なんだよ、びっくりするから大声出すなよ」

「飲み物忘れちゃった。取ってくる。お茶でいい？」

「ああ、なら大丈夫だ。俺、自分用に水買ってあるから。あと……スポーツドリンクでよければ、おまえのもあるぞ」

流星はリュックサックのジッパーを開けて言う。

「スポーツドリンク？　あなた用に買ったなら悪いわよ。別にキッチン行けば飲み物あるし」

「いや……これ東福寺用に買ったからさ」

「私用？　なんで？」

「根掘り葉掘り聞くなよ」

「ごめんなさい、気になって」

「その……だから、おまえが遅刻なんて珍しいから熱でも出してんのかと思って、買って来たんだよ」

「あ……あらそう。じゃあ……ありがとう」

ようやく流星の目を見た珠季は、そのまま目の前に出されたスポーツドリンクを手に取った。

そして二人は各々サンドイッチを口に運ぶ。

「味はどう？」

「ん……うまいよ」

「そう。ならよかった」

「うん」

（はああぁ？　なんだよこいつ、俺のためにサンドイッチ作ろうとしてくれたの⁉　しかも前日にわざわざ練習してたの⁉　サンドイッチなんて食パンにマーガリン塗って具材挟むだけだぞ！　……くそっ……かわいいとこあるじゃないか）

（なんっっっなの、本当に！　寝坊のこと責めない上に、心配して飲み物買ってきてくれたってわけこの男は！　そもそも考えたら、遅刻してる私なんか適当にラインでも入れて自分は帰ればいいいだけなのをここまで来てくれてる時点でもうあれじゃない！　まるでイイ男じゃない！）

ムシャムシャとサンドイッチを食べながら黙り込む二人は、互いに、このサンドイッチを食べ終わったらどうしようかと悩んでいた。

流星としては珠季の安否確認ができたので、おおよその目的は果たしている。

今から準備して出れば、ギリギリ十五時のプラネタリウム上映に間に合うかもしれないが、正直あちらこちらと移動ばかりして、もうそんなテンションでもない。

やることがないならば帰宅するだけなのだが……。

流星はベッドの脇（わき）に置いた自分のリュックサックを見る。

（今日の目的はプラネタリウムというよりかは、このブルーレイディスクを東福寺にお勧めすること。場所が変わってもそれ自体はできるか……しかし――）

珠季は珠季で、テーブルから下ろした重たいトートバッグを上から覗（のぞ）いていた。

とりあえず流星を家に上げたはいいものの、その後の展開を考えていなかった。

今から十五時のプラネタリウムに行こうという提案もできなくはないが、シャワーを浴びただけで、まだ着替えてもいない。

自分の都合でスケジュールが大幅に変更されたのに、ここからまた出かける準備で流星を待たせるというのはさすがの珠季でも気が引けた。

（プラネタリウムには行けなくても、本当にしたかったこと……宇宙の話はここでもできる。何より、寝坊の原因ともなったこの本たちを広尾君にお勧めできれば、目的はほぼ達成されたようなもの……だけど――）

二人は自分の持ち物にやっていた視線を前に戻して、お互いの顔を見ながら、同時に思う。

（女子の部屋に上がっといて、ブルーレイディスクがあるだなんて話をしたら、何かやましいことを考えてるチャラい男と思われるんじゃないか？）

（男子を部屋に呼んで、こんな大量の本を勧めたら、帰るのを引き留めているようで、何かを期待している貞操観念の低い女と思われないかしら？）


ゆえに膠着（こうちゃく）状態は続く。

タイムリミットはサンドイッチがなくなるまで。

残りは三つ。

かといって、数分前に腹が減ったと言っておきながら、このサンドイッチに手を伸ばさないのも不自然だ。

仕方なくそれぞれ一つずつ手に取る。

これを食べ終えれば残り一つ。

ここで二人は全く同じ解決策を見出した。

「そのトートバッグ……」「そのリュックサック……」

相手の持ち物に注意を向け話題を切り出すことだ。

もちろん二人とも、その中身に何が入っているか見当などついていない。

ただ、なんとなく気になるから。

つまり、文字通りの会話のキッカケに過ぎない。

相手の持ち物に言及することで、その返しとして自分の持ち物に触れてもらうのを待つ。

本命の話題に転換するための布石である。

唯一誤算があったとすれば、同じことを相手も思っていたこと。

そしてタイミングがかぶったこと。

もう少し待っていれば、向こうから目的を果たすためのリードをしてもらえたのだ。

こうなったら、二人がすることは、相手の話を優先する。そうすることで自分の目的が必然的に優先されるのだ。至極自然な流れで。

「悪い。先に喋っていいぞ東福寺」

「いいえ、大したことじゃないから。広尾君からどうぞ」

「いや、俺も別に大したことじゃない。東福寺から」

「いいのよ、気を使わなくて。広尾君から」

「東福寺から」

「広尾君から」

(もう、いいから話せよ！　聞こえてんだよ！　俺のリュックサックが気になったんだろ！)

(話しなさいよ！　トートバッグの中身が気になったんでしょ！　聞こえてんのよ！)

「俺の話はいいから」

「〇・五秒」

「え？」

「〇・五秒、あなたが口から出した音の方が早かったわ」

「そんな細かい……」

「空気内で音速に影響を与えるのは気温。同じ室温内にいるあなたと私の発する音の速度は公平性が保たれていると言って問題はない。そして互いの位置関係から鼓膜までの距離はほぼ同一。ならば先に音を発した方に話題を続ける権利があると考えるのが妥当かと」

（東福寺め、こんな時にまで堅物理系の屁理屈こねやがって）

（はい、論破。私の勝ち。早くこのトートバッグの中身に触れなさい。たくさんお勧めしたいんだから）

「わかったよ……。そのトートバッグ。やけにゴツゴツしてるけど、何が入ってるんだ」

「え？　これ？　あー、これねー。え？　気になる？」

「ま、まあ」

「そっかー、気になるのかー。どのくらい気になる？」

（いや、たかがトートバッグの中身で何をこの女はそこまでもったいぶってんだ！）

「言えないような中身なら無理して言わなくてもいいぞ」

「は？　言うんだけど？　なんなの」

（じゃあ、さっさと言えよ！　なんなのはこっちのセリフだ！）

「それで、何が入ってるんだ」

「ふふふ。じゃじゃーん！」

満を持して珠季はトートバッグから本を取り出した。

三回に分けて、六冊の本をテーブルの上に並べる。

「おお、これまた分厚い本だな。図書館で借りてきたのか？」

「何言ってるのよ。全部自前よ」

「へー。じゃあなんでトートバッグなんかに入れてるんだ？　そこに本棚あるじゃないか」

流星はベッドの横に位置している本棚を指して言う。もちろん、この六冊が入るスペースも確認できる。

「実は今日これを持っていこうと思ってたの。広尾君にお勧めしようと思って」

「ああ……なるほど。それでバッグに入れて準備してたのか」

「そういうこと」

流星は並べられた本を見て、珠季も自分と同じことを考えていたのかと、少し嬉しくなっていた。

　しかし、六冊のタイトルに目を通したところで、少し違和感を覚える。

　宇宙論に、量子力学、相対性理論。

　その違和感に着手する暇もなく、珠季の解説が始まった。

「まずはこの本ね。物理学者、米沢浩二著『アインシュタインのすすめ』。いろいろ迷ったんだけど、私たちの宇宙好きだという共通点が発覚したキッカケはタイムマシンの話だったでしょう？　それなら相対性理論の話から始めるのがいいと思ってね。広尾君、特殊相対性理論と一般相対性理論の違いがわかっていなさそうだったから。ああ、別にバカにしているわけじゃないのよ。高校物理じゃ相対性理論はやらないもの。理系クラスの生徒ですらしっかりと理解している人は少ないんじゃないかしら。でも広尾君のように宇宙に興味ある人なら楽しみながら学べるわ。特に米沢先生の書く学術書はとてもわかりやすくて、初心者にも易しいのよ。そういえば広尾君は特殊相対性理論と一般相対性理論、どちらが先に提唱されたと思う？」

「え……言葉の意味から考えれば一般的なものが先で、そこから特殊な理論が発表されたんじゃないかなと思うけど……」

「残念！　実は特殊相対性理論が先なのよ。簡単に言えば特殊相対性理論は重力の影響しない特殊な条件下での理論だったものを、私たちの住む一般的な常識下、つまり重力の働く条件下に適応した理論が一般相対性理論なの。この重力っていうのが肝（きも）でね。この前、部室で話していたブラックホールがタイムマシンと深い関係性があるって話は、重力による時空の歪（ゆが）みと時間の伸び縮みが――」

ここで流星は気づいた。

これは自分が思っていた宇宙好きと、珠季が思っている宇宙好きには、大きな齟齬があると。

そして同時に冷や汗をかき始めた。

リュックサックの中身を知られたくない。

あれだけ同じ趣味だと盛り上がっていた二人の思惑が、蓋を開けてみたら、いつも通りの理系と文系のすれ違いだった。

珠季の話は決して退屈なものではない。

大きなくくりで宇宙の話と考えれば、非常に興味深い話だ。しかし、その熱量に追いつけるかと言われれば、文系の自分にとっては内容が難しすぎる。

これは逆も言えるだろう。

映画に詳しくない珠季に、いくら宇宙をテーマにした作品とはいえ、こんなコアな作品だらけのブルーレイディスクを見せたら、どんな反応をするか。考えずとも明白だ。

何より、あれだけ浮かれていた数日前の自分と、真実を知った現状とのギャップから生まれるこのこっぱずかしさを、彼女にも味わわせるのだと思うと、申し訳なくなってきた。

少し考えればわかることだった。

理系の珠季が宇宙好きだと言えば、このような話になることなんて。

そんなことも想像できないくらい浮かれていたのだ。

なぜか……。

そう、流星は珠季との共通点を見つけたことが、よっぽど嬉しかったのだ。

一番恥ずかしいのがその事実。

もう、流星の耳には珠季の解説が入ってきていない。

あのバカでかいリュックサックという羞恥心の詰まった爆弾をどう処理するか。

そのことで頭がいっぱいだった。

「それでね、双子のパラドックスっていうのが……」

いっそのこと白状して、この羞恥心を共有してしまうか。

珠季と流星の立場はあくまで同じ。

どちらに視点を置くかの話であるだけで、向こうだって恥ずかしいのは変わらないのだ。

なんか、ちらほら聞こえる解説で観測者の視点によってどうとかいう、この現状と同じようなこと言ってるし。

珠季にとって酷な選択肢であることにやはり申し訳なさは拭えないが、自分だけ損をしているのも不公平ではないか。

そんな気持ちが芽生え始めてもいた。

が、それは、流星が映画に詳しいという知識量で珠季にマウントを取り、尊敬されたいという浅い欲求が透けて見えるという、傷口を広げる危険性も含んでいる。

それだけは嫌だった。

尊敬されるために知識をひけらかすなんて、まるで好きな女子に振り向いてほしい恋愛下手な男子みたいじゃないか。

流星が求めているものは受動的な結果で、能動的になってはいけないのだ。

じゃあ、どうしたらいいのか。

それがわかればこんなに冷や汗をかいていない。

「広尾君、なんか顔色が悪いけど大丈夫？」

「ん？　そうか？　別になんともないけど」

「それならいいけど」

「それで、なんの話だっけ？」

「えっとね、つまり高速で移動する物体、または重力がかかる物体は、そうでない物体から観測した時、相対的に時間の遅れが生じるの。これがタイムマシンにブラックホールが関係する理由。宇宙船が亜光速で移動したり、ブラックホールのような高重力下に置かれた時に、その内部では時間の遅れが生じる。ウラシマ効果なんて呼ばれているわ」

「ウラシマ効果⁉」

聞き覚えのある単語に流星の興味が一気にそちらへ集中した。

「あら、ウラシマ効果は知ってるのね」

「ああ！　そうか……それであの作品でもブラックホールが出てきたのか」

「あの作品？」

「ウラシマ効果をテーマにした映画があってな。ちょっと待ってくれ」

流星はリュックサックをあさり、

「これだ。『ワープガイダー』。最後に主人公だけブラックホールに落ちて何十年後の世界に飛ばされるんだ。だけど、なるほど。これは厳密に言うと、『飛ばされた』じゃなくて、主人公だけ時間がゆっくりと流れたのか。だから相対的に主人公から見た地球は時間が速く流れたということ。あ、それで言えば、この『キャップをめざせ』っていうアニメ映画も……」

「広尾君のリュック……たくさんブルーレイディスクが入ってるのね」

ジッパーが大きく開かれた流星のリュックサックを見た、珠季が言った。

「え？　あ……」

（やってしまったああ！　あれだけ、あーでもないこーでもないと悩んでいたのに、ちょっと知ってる単語が出た途端に我を忘れてしまう。映画オタクの悪いところがもろに出た……）

そして、やってしまったと思っているのは、流星だけではない。

頭の回転が速い珠季は、流星のリュックサックに入っている大量のブルーレイディスクを見ただけで、自分の陥(おちい)っている現状を把握してしまう。

（ちょっと待って、ちょっと待って……。ああ、そうか、そういうことよね。そりゃそうだわ。広尾君が宇宙を好きだと言ったなら、そりゃそうよ。広尾君が私みたいに、宇宙の『科学』に興奮を覚えるわけないじゃない。彼は宇宙の『文化』に魅力を感じていたのよ。それを私は聞かれてもいない理論をベラベラと……恥ずかしすぎる!!）


もちろん、流星も『珠季が気づいたこと』に気づいた。

流星はブルーレイディスクを片手に持ったまま固まる。

珠季もサンドイッチを片手に持ったまま固まる。

沈黙が続く。

彼らにとって、まるでウラシマ効果のように時間がゆっくりと流れただろう。


先に口を開いたのは流星だった。

「すまん……悪いとこが出た。どうも俺は、相手の意見も聞かないで、自分の好きなものを押し付けようとしてしまう癖があるらしい」

「……それを言うなら私もよ。自分ばっかりベラベラと喋り出して。つ……つまらない話してごめんなさい」

「いや、つまらないとは思ってない。まあ正直、前半の話はついていけてなかったが」

「ほら！　やっぱり！」

「いやでも、興味がないわけじゃないんだ！　その……作品を観るのだって、ちゃんと理論を知った上で観る方が何倍も楽しいはずだし。だから、もう少しウラシマ効果について教えてくれよ東福寺」

「……気を使ってるのね」

「あのな……こんなところでおまえ相手に気を使うような俺じゃないってのはわかってるだろ」

「……まあ」

「おまえに気を使ったって得なことはない」

「ちょっと下手に出るとこれだもの。癪ね」

「まあ、遅刻の件もあるしな。悪いが今日は俺の方が上の立場だ。さあ、これは命令だ、俺に宇宙の科学を詳しく教えろ」

「ぐっ……遅刻の話を出されたら何も言い返せないじゃない。本当、嫌な男ね」

「ふふん」

「じゃあ、一つだけ条件」

「条件?」

「そのブルーレイディスク、一緒に観ましょう。鑑賞しながら科学的なところを私が解説した方がピンポイントで知りたいことが知れるでしょう?」

「ああ……それは確かに」

「それに……私もブラックホールが関連する映画なんて聞いたら、ちょっと興味が出てきたし」

そう言って、珠季は流星の前に手を出した。

流星は少し照れながら、持っていたブルーレイディスクを珠季に渡す。

プラネタリウムのような幻想的な光は観れなかったが、液晶から放たれる鮮やかな光を浴びながら、二人は並んで休日を過ごす。

それはまるでカップルのようだった。

週明け、紫燕(しえん)からインスト用の写真はどうしたと、こっぴどく叱られたのは言うまでもない。

TAKE3　珠季の脚本

「うっすー、流星」

朝のホームルーム前。

いつものように読書をしていた流星の元に、幼馴染みの瑠璃がやってきた。

彼女の席は流星の真ん前だ。

「おう、おはよう」

「ん？　『宇宙人戦争』？　それおまえが小学生の時に買った小説じゃないっけ」

「そうだけど」

「またなんで、そんな古い本。読んだことあんだろ？」

「宇宙の科学を知ってから改めて読むと、また違った面白みがあんだよ」

「へー、東福寺ちゃんか」

「はっ⁉　な、なんで東福寺が関係あんだよ！」

「おまえの口から科学なんて言葉が出てくるわけない。まあ相変わらず仲がいいみたいで結構」

「うるせーな。読書の邪魔だ。話しかけんな」

ちなみに瑠璃は流星たちが偽カップルだと知っている数少ない人間の一人だ。

「あ、そうだ。今週の日曜空けとけよ。日高(ひだか)ちゃんと遊ぶから」

「話しかけんなって言っただろ……って今なんて？」

「日高ちゃんと遊ぶから日曜空けとけ」

「嫌だ」

「じゃあ、それを直接、日高ちゃんに言え。ライン知ってるだろ？」

「知らない」

「嘘(うそ)つくな。じゃあインストでＤＭしろ」

「無理。インストのアカウントも知らない」

「はい日曜決定」

「おまえはなぜ俺(おれ)に許可なく予定を勝手に決めるんだ」

「今、許可取ったじゃん」

「日高と相談する前に許可を取れって意味だ！」

「おまえいい加減、私以外の女子に慣れろよ」

「高校(ここ)では女子と上手(うま)くやってる」

実際、流星は瑠璃という女子の幼馴染みがいるおかげで、女子とのコミュニケーションには

慣れている。しかし、それは……、

「高校では、な。中学時代のクラスメートに何ビビッてんだよ」

「ビビってるわけじゃない。中学時代の女子が苦手なだけだ」

そう、高校からの話である。

「それをビビってるって言うんだよ」

「うるさいな。せっかく高校で上手くやってるんだから、わざわざ、別の高校に行った中学時代の女子と会う必要はない。そもそもおまえと日高で遊びに行けばいいだけだろ。俺がそこに交じる意味がわからない」

「正確にはおまえと東福寺ちゃんな」

「はあ⁉」

流星は思わず『宇宙人戦争』を机に叩きつけ立ち上がってしまう。

「日高ちゃんが演劇部カップル見たいんだって。ほらあの子ミーハーじゃん？」

「だから俺は日高がどんな女子かすら知らないんだよ！　話したことないからな！」

「日高はミーハーな女子だよ」

「今伝えればいいってことじゃない！」

「ギャーギャーうるせーな。男らしくない」

「ジェンダーレスな時代によくそんなドストレートな表現できるなおまえは」

「うるせー！　男らしくない奴は男らしくないんだよ！　黙って東福寺ちゃん連れて来いこのヘタレナヨナヨ野郎！」

「ぐ……っ。なんて口の悪い……」

「いいだろ別に。久しぶりに日高ちゃんとも遊びたいし、東福寺ちゃんとも遊びてーんだよ私は！」

「自分の欲望を優先し、人に恫喝まがいのことをする。俺はおまえの幼馴染みであることを猛烈に悔やんでいる」

「もうコンサルしないぞ？」

「そして本腰を入れた脅し！」

「おまえが拒否反応を示している中学時代に戻るか？　あん？」

「……くそ。わかったよ」

「ちっ……最初からそう言え。二度と私にたてつくなよ」

鼻を鳴らして瑠璃は前を向いた。

流星は幼馴染みに恐怖を抱きつつ、この先に待つ試練にも憂鬱さを感じていた。

どうして自分の周りにはこうも我の強い女子が多いのだろう。

そんなことを悲観しながら、流星は授業の準備をするのだった。

◆

「はぁ？　どうしてそんなこと勝手に決めるのよ」

流星にとっては予想通りの反応が珠季（たまき）から返ってきた。

部活前の静かな旧校舎の廊下で、珠季は不機嫌そうに腕を組んでいる。

流星はそんな珠季の前でバツが悪そうな表情を浮かべ平謝りする。

「もっともだ。悪かった。そうだよな、急に言われても無理だよな」

決して粘りはしない。このまま珠季が難色（なんしょく）を示せば、瑠璃に断る口実ができるからだ。

あわよくば珠季から直接、瑠璃に断りを入れてくれたら手っ取り早い。

が、意外にも流星の目論見（もくろみ）は不発に終わる。

「まあ、でもこの前の借りがあるし……」

「借り？　ああ、プラネタリウムの遅刻のことか？　そんなの気にすることない」

「あなたが気にしなくても、私が気にするのよ。人に借りを作ったままなのは嫌なの。いいわ
日曜空けとく」

「そ、そうか……ありがとう」

要らぬところで珠季の律儀（りちぎ）さが出てしまった。

こうなってしまったら仕方がない。

切り替えて当日の対策を取らなければと流星は頭を悩ます。

「ところで、どこに行く予定なの？」

「なんか『きもかわ』のコラボカフェ行きたいんだと」

「きもかわ？」

「最近SNSで人気の漫画に出てくるキャラクター」

「そんなのいるのね。知らなかったわ」

「まあ、おまえ外界とつながりなさそうだもんな」

「私のこと吸血鬼かなんかだと思ってるの？　癪ね」

「それより当日は台本用意するからセリフ覚えよろしくな」

「広尾君たちが通ってた中学のクラスメートだっけ？　ここら辺の高校に進学した人なら確かに下手はこけないものね」

「SNSのフォロワーもだいぶ増えてきてるしなぁ。せめて来年の新入部員を確保するまではビジネスカップルであることをバレないようにしなきゃ有崎に殺されそうだ」

「そうね。なら、今回は私が台本を書くわ」

「は？　なんで」

流星が顔を思いっきり歪ませる。

「だって、あなたの脚本って、ちょっとわざとらしいのよ。段取りがある感じ」

「何をどこぞの映画監督みたいなこと言って。創作ってのは都合よく作られているから成り立つんだ。全てがリアルならそれはドキュメンタリーでフィクションじゃない。そして俺たちのカップルはフィクションだ」

「いや、だからそれはわかってるけど、今回はあなたの中学時代の知り合いでしょう？　あなたの作る脚本だと、そのフィクションが見破られるんじゃないかって言ってるの。現に幼馴染みの瑠璃さんには見破られたわけだし」

「そ、それは……そうかもしれないが」

「今回に限っては、かえって私が作った方が自然なカップルに見えるんじゃない？　あなたがいつも皮肉で言うように私は合理主義者だからフィクションになりようがないと思うわ」

流星は考える。

もっともらしいことを言われているようで、腑に落ちるほどの説得力もない。

しかし、中学時代のクラスメートを前にカップルを偽れるほどの脚本が自分に書けるかと聞かれれば、自信を持って答えられないのも事実だ。

ここは珠季に任せるのも手じゃないかと、流星は賭けに出てみることにした。

「わかった。じゃあ金曜までに台本の共有を頼む。土曜でセリフを覚えるから」

「任せなさい。あなたを唸らせるような台本を書いてきてあげる」

そんなこんなで、二人は日曜を迎えるのであった。

◆

「あっ、広尾くん～。久しぶり～」

「お、おう、日高さん久しぶり」

都内の有名な商業施設。流星は、その入り口で待っていた二人の女子と合流する。

瑠璃と、件（くだん）の日高だ。

「あれ流星、私の前では日高ちゃんのこと呼び捨てしてたじゃん」

「バッ、そういうこと言うな瑠璃！」

「あはは～広尾くん、裏ではオラオラ系なの？」

おっとりした口調で話すこの女子が日高。

一重まぶたが特徴のボブカット女子だ。

「いや、そうじゃなくて、話の流れ的にな。その敬称略ってやつだ」

「なにそれ～。広尾くんおもしろ～い」

ちょっと意地悪そうな顔で返す日高の横で、瑠璃が辺りを見回して言う。

「あれ？　東福寺ちゃんは？」

「ん？　一緒じゃないけど……まだ来てないのか？」

流星も辺りを見回してみる。

そして、瑠璃の肩を叩き、壁際に立っている女子を指さして言った。

「あれじゃないか?」

少し丈の短いナチュラルカラーのパーカーに秋らしいブラウンのロングプリーツスカート。長い髪をツインテールにまとめた少女が立っている。

「あ、本当だ。イメージと違いすぎて東福寺ちゃんってわかんなかった」

「確かに、あれは気づかないな」

「デズミーの時もそうだったけど、東福寺ちゃんて私服けっこうガーリーだよな」

「ファッションのことはよくわからないけど、まあ普段の印象と違うってことはわかる」

つまり、可愛らしいということ。

一同は珠季の元まで向かい、声をかける。

「東福寺ちゃん、おはよう」

「瑠璃さん、おはよう。広尾君も。えっと……そちらが日高さん?」

「わ~本物の東福寺珠季ちゃんだ~。よろしく~」

「うん。今日はよろしく」

顔合わせが終わり、揃(そろ)って施設内に入る。

さっそく珠季は流星の隣に並び、カップルを演じる。

日高は念願の演劇部カップルが並ぶ姿を見られて、よほど嬉しいのか、

「すご～い。様になる～。写真撮ってもいい？」

と、はしゃいだ様子でカメラを起動してパシャリ。

その横で瑠璃は、

「あんた、中学ん時は流星に全く興味なかったくせに、有名なったらこれだもん。本当ミーハーだねー」

「だって瑠璃ちゃん、うちの高校でも演劇部カップルの人気すごいんだよ？　誰もが知ってるんだから。この写真みんなに自慢しよーっと」

コラボカフェは完全予約制で、案外スムーズに入ることができた。といっても、賑わいはすごい。

席に座ると日高がさっそくメニューを開く。

「わたし、きもかわ大好きなんだ～」

流星はそんな日高に、とりあえず流行ってるものに食いついてるだけなんじゃないかと邪推するも、彼女をミーハーと言っていた瑠璃も、

「私もだわー。特にデブタヌが好き」

どうやら、このコンテンツ自体に女子を惹きつける何かがあるらしい。流星の隣で真顔のままでいる一人を除いては。

「わたしは、きもかわのパンケーキと、ちびりすのメロンソーダにしよ」

「じゃ――私はデブタヌのオムライスにするわ、二人は？」

瑠璃が流星と珠季に聞く。

「俺はこの管理人さんのカレーにしようかな。東福寺は？」

「私は日高さんと同じきもかわのパンケーキと、ちびりすのクリームソーダの方にするわ」

全員の注文を終えて、さっそく日高が珠季に話しかけた。

「珠季ちゃんはきもかわの中だと誰が好き？」

流星は改めてこの女子が苦手だなと感じた。

どうしてこの手の人間は自分が知っているものは、相手も知っていて当然と思うのだろうか。

さらにそれが好きであることを前提として話を進める。

全くもって流星には、理解しがたい考えだった。

今回もし、流星が台本を作っていたならば、「きもかわって知ってる？」に対しての返答パターンは用意できても、このような質問が来ることは想定できなかっただろう。

ゆえに、珠季に台本を任せたのは正解だったかもしれない。

「私はキャラクターというよりは作者のトチギ先生が好きだわ」

珠季が言いながら流星を横目で見る。

合図だ。

「東福寺はトチギ先生の過去作とかも好きなんだよな」

流星が台本通りの進行をする。

「そうなの。トチギ先生は『きもかわ』でブレイクしたように見えるけど、実のところ、その前に連載していた『ひとりごとねこ』の時から、独特なセンスが好きだというファンが多かったのよ。また、イラストレーターとしての経歴は長く、ＳＮＳで漫画連載を始める前は、地方自治体のモチーフキャラクターのデザインをしていたりするの。イラストの特徴として筆ペンを使うことが多く、修正がしにくいので商業誌での連載の際は苦労したと雑誌のインタビューでも語っているわ」

「なるほど、さすが東福寺。ちなみにきもかわの連載はいつから始めたんだ？」

「いい質問ね、広尾君。きもかわの連載はちょうど五年前の八月三十一日から。夏休みが終わる子供たちに何か楽しみを作ってあげたくて始めたのがキッカケ。翌月の九月十二日に投稿したちびりす初登場回がバズり、人気に火がついて今に至るわ。ちなみに日高さんは何月何日の投稿回が好き？」

「え、え～と……、ちびりすが出てる回はどの回も好きかなーあはは……。わ、私、ちびりすもすごい好きだから」

「そうなのね」

珠季が目で流星に合図を送る。

「東福寺、ちびりすはどんな動物がモチーフなんだ？」

「いい質問ね、広尾君。みんなリスと聞くとシマリスを思い浮かべることが多いと思うけれど、実はちびりすはバナナリスがモチーフなの。ちゃんと見るとシマ模様がないのよ。バナナリスは平均体長が二〇センチ前後でシマリスに比べて少し大きいの。タイワンリスの近縁種で、シマリスやインドヤシリスに並んでペットとしても人気よ。その名前の通り、バナナなどの果物が好物なのよ。ちなみにリスの特徴であるあの大きな尻尾は寝る時の枕に使ったり、雨の日に傘として使ったりしてるのだけれど、天敵に捕まったらトカゲの尻尾みたいに千切れるのよ。でもトカゲのように再生はしないから一回限りの最終手段ね。日高さんは知ってた？」

「へ、へー。知らなかった」

「そう。それでねリスの種類は実は二八五種類もいて……」

「あ、注文したの来たよ！　ほら！」

ちょうど注文の品が届いたのを見て日高は苦笑いしながら話を逸らす。

テーブルに鮮やかな色合いのフードが並び、一気にコラボカフェ感が出てきた。

珠季は頼んだパンケーキにナイフを入れ、その切れ目から溢れ出したチョコレートソースをフォークで寄せる。

同じパンケーキを選んだ日高も、出てきたチョコレートソースをパンケーキの生地につけ口に運ぶ。

「ん～おいしい～」

今にもほっぺたが落ちそうだと言わんばかりの表情を浮かべる日高に、珠季がニッコリと微笑みながら、

「知ってる？　チョコレートに含まれるカカオポリフェノールは抗酸化作用や免疫調整作用という健康機能があって美肌効果も期待されるの。よくチョコレートは肌荒れの原因なんて言われるけれど、あれは糖質や脂質の過剰摂取による肌荒れの可能性を示唆しているだけで、チョコレートそのものが悪いわけじゃないのよ」

「なるほど、さすが東福寺、ちなみに他に美肌を保つ秘訣(ひけつ)はあるのか？」

「いい質問ね、広尾君。肌を綺麗(きれい)に保つためのお手入れで大切なのは、水分と油分のバランスなのよ。特に男子は洗顔の時にガシガシと肌を傷つけながら洗って、必要な油分までも流してしまいがちよね。そうすると、足りない油分を補おうと皮脂が分泌されやすくなって、かえって肌荒れの原因になるのよ。ちなみに日高さんは何か美容で気をつけていることはある？」

「え～っと……、最近はダイエットしてるかな～」

「あら、ダイエットはね……」

「あ、ごめん！　わたし、ちょっとトイレ～」

日高が立ち上がり、そそくさと席を離れる。

そして、その影が見えなくなったところで、瑠璃が心底呆(あき)れたような表情で言った。

「あんたたち、何してんの？」

　珠季がキョトンとした顔で答える。

「何って言うと……？」

「マジか東福寺ちゃん。自覚ないのか」

「何かおかしかったかしら」

「いや、急にチャットＡＩみたいなこと語り出したら、人見知りしない日高ちゃんでも、そりゃさすがにドン引きするよ！」

「あら、瑠璃さんすごいわね。トチギ先生のことはチャットＡＩで情報集めたのよ。うふふ」

「うふふじゃないよ！　おい流星、どうなってんだこの理系ちゃんは！」

「だよな！　やっぱおかしいよな！　ほれみろ東福寺、やっぱこの台本じゃおかしいじゃないか！」

「な、広尾君まで。だから何がおかしいのよ。相手の興味がある分野に適応した、隙のない台本じゃない。広尾君がサポートすることで会話も自然になってカップルらしさのアピールもできてる。どこに文句があるのよ。ていうかあなた、昨日までは、『俺じゃカバーしきれないパターンも網羅していてさすがだ』とか褒めてたじゃない！」

「レスパターンの着眼点は確かに感心するものがあったけど、中身は正直、不安だらけだったんだよ！　なのにおまえが、あんまりに自信満々に勧めてくるから、ついオッケー出しちゃったんだよ！」

「オッケー出したなら責任持ちなさいよ！　あとからチクチク文句言うんじゃないわよ！」

「それは俺の台本におまえがいつもやってることだろうが！」

「なんですって！」

「なんだよ！」


「台本って、何？」


トイレから戻ってきた日高が、困惑した様子で立っていた。

流星は慌てて弁明する。

「いや、これはその、違くて……台本？　台本なんて言葉、俺たち言ってたっけ？」

もちろん珠季もすぐに流星を援護する。

「いえ、言ってないわ。日高さんの聞き間違いじゃないかしら」

「ううん。ハッキリと聞いたもん。もしかして二人って……SNSでバズりたいだけのビジネスカップルなの？」

みるみる日高の顔がこわばっていく。

口に出していなくても『ガッカリした』という意思が伝わってくるほどに。

そして瑠璃の方を見て、

「ねえ、瑠璃ちゃん、どうなの？　この二人は台本で演技してるビジネスカップルなの？」

流星と珠季は汗をダラダラ流しながら瑠璃を見る。

瑠璃には偽カップルだとバレたあと、普段は台本を用意してカップルを演じているということも白状している。

今日は珠季の台本で行くことまでは伝えていなかったが、全ての事情を知っているので、なんとか誤魔化してくれるだろう。

そう思い流星と珠季が、瑠璃の言葉を待つと……。

「そうだよ。今日のも全部台本通り」

「瑠璃⁉」「瑠璃さん⁉」

瑠璃はあっけらかんとして言った。

日高が下を向く。

「そんな……酷いよ……」

よほど、ショックだったのか体を震わせながら、

「今日すごく楽しみにしてたのに……二人のこと信じてたの……に……っぷ……くすくす……あはは！」

突然顔を上げて笑い出す日高。それに合わせて瑠璃も笑い出す。

「あはは！　やっぱり、バレた？」

流星と珠季は状況が摑めない。

「あはは、ちょっとドッキリやるにしては雑すぎたか」

「あはは……瑠璃ちゃん、さすがに無理あるよ。珠季ちゃんと広尾くんも」

瑠璃は依然笑いながらも、視線で流星たちに合図を送った。

これに流星はようやく瑠璃の意図を察する。もちろん珠季も。

要は、丸ごと含めて、日高に向けたドッキリでした、という流れに持っていこうとしているのだ。

しかし、そんなにあっさりと受け入れられるものだろうか。

むしろ、先にドッキリだと切り出したのは日高の方だ。

その答えは単純だった。日高はまだ、腹を抱えながら、

「あんなチャットAIみたいな彼女と、そのAIを操作する利用者みたいな彼氏いるわけないじゃ〜ん！　ビジネスカップルの台本ってことにするなら、その部分ももっとリアリティー持たせなきゃだよ〜、あはは」

「だよなー、私も流星にドッキリするならもっとマシなプラン考えろよって言ったんだけど、これで行けるって聞かなくてさ。な、流星」

瑠璃が流星に振る。目に意思がこもっている。

「あ、ああ。いやー、ダメだったかー。面白いかなって思ったんだけど」

「まあ、最初はちょっと、珠季ちゃんがヤバい子なのかな～って、ドン引きしてたけど、広尾くんも何もツッコまないでいたら、さすがにおかしいなって気づくよ～。案の定トイレから帰って来たら、なんか急にケンカしてるしぃ、あはは」

珠季は日高にまで自分の台本がおかしかったことを指摘され、ショックを受けつつも、この流れに便乗する。

「ちょっと、強引すぎたわね。初対面なのにドッキリなんてかけてごめんなさいね、日高さん」

「いいよ～、面白かったし。あと、珠季ちゃんがヤバい子じゃなくてよかったよ～」

「あ、あはは」

さらに傷をえぐられる珠季。

「でも～、ケンカの部分は本当っぽかったよ～。さすが演劇部だね！」

それは本当のケンカであり、もっと言えば、いつも通りのことだからだ。

笑い疲れたのか、日高は元の席に座り、メロンソーダを口にした。

なんとか事が収まったようで、流星と珠季はそれぞれ複雑な心境ではありながら、ホッと一息つく。

そこに、机の下で、瑠璃から二人に向けてスマホが回されてきた。

スマホの画面にはメモが写っている。

『こっからは私が場を回すから、あんたらバカップルは聞かれたことだけ答えること』

最後にニッコリマークの絵文字がつけられているのが、逆に怖い。

流星と珠季は激しく首を縦に振りながら、スマホを瑠璃に戻した。

その後は瑠璃の見事なサポートによって、旧友とのランチは無事終わるのだった。

そして、改めて流星は、もう珠季に脚本を任せるのはよそうと、心に誓った。

TAKE4 紫燕の発熱

文化祭の準備も佳境になってきたある日の放課後。

部活中の違和感に気づいたのは珠季だった。

「紫燕、なんか辛そうじゃない？」

いつもより覇気がない後輩が気になり、珠季は練習を中断して紫燕の元に駆け寄る。

「いえ……平気です」

そうは言いながらも目の焦点が合っていない。

「ちょっとおでこ触るわよ」

珠季が紫燕の額にピタッと手のひらを当てる。

「ちょっと紫燕。これ熱あるんじゃない」

「本当ですか……？　どうりで、少し倦怠感がすると思ったら」

「あなたが体調不良なんて珍しいわね」

「すみません、不覚です。文化祭も近いですし、大事を取って早退します」

「そうね。そうした方がいいわ。大丈夫よね広尾君？」

二人の会話を聞いていた流星も実々花と一緒にやってきて、

「ああ、もちろんだ。だけど、一人で帰れるか有崎？」

「紫燕ちゃん、私が送っていくよ」

「実々花……でも練習があるから……私は一人で帰れるからいいわ」

「でも紫燕ちゃん、一人暮らしだし、心配だよ」

「実々花……」

いつもはポーカーフェイスの紫燕も、さすがに辛そうな表情だった。

それを見て、流星は一度、珠季と目を合わせてから、

「今日はもう部活は終わりにしよう。日比の言う通り一人暮らしの有崎を放っておくのは心配だ。みんなで家まで送ろう」

「そうね。たまには私たちを頼りなさい、紫燕」

「お二人とも……ありがとうございます」

さっそく演劇部の面々は、小道具の片づけをしてから、紫燕を家まで送り届けることにした。

◆

紫燕が一人暮らしをしている部屋はオートロックマンションの１ＬＤＫ。

女子高生が一人で住むには十分すぎる広さと部屋数だ。

そのキッチンにパジャマ姿の紫燕が額に冷却シートを貼り(は)ながらやってくる。

「本当にそんな気を使わないでください」

「こら紫燕、寝てなきゃダメじゃない」

エプロン姿の珠季が、そんな紫燕の手を引っぱり寝室まで連れていく。

そして、紫燕を寝かしつけてから、珠季は再びキッチンに戻る。

「有崎、ちゃんと寝たか？」

戻ってきた珠季に、流し台で米をといでいた流星が聞く。

「うん、大丈夫」

答える珠季に今度は、棚から土鍋を持ってきた実々花が、

「紫燕ちゃんは尽くされることに慣れてないんですねー」

と、ニコニコしながら言う。

紫燕を送り届けるだけのはずだった三人は、やはり一人きりにするのが心配で、家に上がって看病することにしたのだ。

今はお粥を作っている最中である。

「有崎らしいと言えば有崎らしいな」

言いながら、流星は実々花から土鍋を受け取り、とぎ終わった米を、ボウルから移す。

そしてそのまま水道の蛇口をひねろうとした時、珠季から声がかかる。

「ちょっと広尾君、何してるの」

「何って、鍋に水を入れるんだけど」

「直接⁉」

「うん、まあ」

「いやいやいや、紫燕に五分粥がいいって言われたでしょ？　水の量しっかり量りなさいよ」

「大丈夫大丈夫。夜食でお粥作ること多いから、だいたいわかるよ」

「そういう問題じゃないわよ」

「どういう問題だよ。お粥なんて目分量で十分だろ」

「なんて適当な……これだから文系……」

ギリギリで実々花がいることを思い出し、珠季は言葉を選んで続ける。

「料理っていうのは調味料や水分量の割合で味が決まるの。ことお粥なら胃の負担も変わるのよ。適当じゃ紫燕がかわいそうだわ」

「いやだから、いつも作ってるから失敗しないんだって、そんなちまちま分量を気にするなんて相変わらず理系は……」

流星もチラッと実々花の方に目をやってから、珠季と同じく言葉を選び、続ける。

「自分の経験で作る料理こそ愛情がこもるってもんだよ。システマチックなお粥を食べさせる方が有崎も寂しく感じるだろ」

「愛情なんていう調味料、私は聞いたことないのだけれど、どこのスーパーに売ってるのかしら？」

「レシピ通りに作れば必ず美味しいものが出来上がるならば、誰でもシェフになれるな」

「実際大手チェーンの飲食店はレシピが決まっていて全国で味が統一されているじゃない」

「大衆向けが必ずしも優れたものだという考えは、文化の発展に弊害をもたらすぞ」

「大衆に響かないものなんて、ただの独りよがりな自己満足に過ぎないわ」

「あのぉ……」

ヒートアップしてきた『偽』演劇部カップルの間に割って入る実々花。

流星と珠季は、またやってしまったと、後輩の前でカップル演技を忘れてしまう失態に、揃って反省する。

「二人とも紫燕ちゃんのためにそこまで考えてくれて、同級生として嬉しいです」

そして、それをも上回る実々花のピュアさがさらに二人の胸を締めつけた。

なんとまあ、恥ずかしい。

「すまなかった東福寺。計量カップ取ってくれ」

「いいえ、私こそ熱くなってしまってごめんなさい。はい、どうぞ」

流星は受け取った計量カップで水量を量り、水を入れたあと、鍋を火にかける。

「さすが、部長と副部長。ケンカするほど仲がいいですねー。まるで熟年夫婦みたい!」

なんだか、この後輩の前では演技などしなくても、どんなことでも都合よく解釈してくれるんじゃないかと思い始める流星。

珠季も同じことを思いながら鍋の様子を見ようとした時である。

ガチャ——。

リビングのドアが開いた。

「あっ、もう紫燕また。寝てなさいって言ってるのに、なんで言うこと聞けないの」

紫燕が再び寝室からキッチンに戻ってきたのだ。

「うふふ」

しかし、なんだか先ほどに比べて、様子がおかしい。

まるで目の奥に渦(うず)が巻いているかのように視点が定まっていない。

「あ、やばいかも」

言ったのは実々花だった。

その声が珠季の耳に届く前に紫燕は動いていた。

彼女が向かった先は、流し台の前にいる流星の胸。

「うおっ！」

　ドスンッ、と低い音を立て、体ごと流星に寄りかかった紫燕は、そのまま両腕を回して、ホールドする。

　そして抱き着いた状態のまま、流星の胸で顔をスリスリとしながら……。

「ひろおぶちょー、いいにおいー。しえんのおかゆつくってくれてありがとー」

　あの有崎紫燕とは思えない甘ったるい声を出したのだ。

「えっ？　うえっ？」

　テンパる流星。

「えっ？　なに？　紫燕⁉」

　こちらもテンパる珠季。

「あちゃー」

　頭を抱える実々花。

「にゃあ～。ひろおぶちょ～あったか～い」

　甘える紫燕。

「こ、こら、有崎。火の近くで危ないから」

「もー、ひろおぶちょー、おこっちゃ、やーやーだぞ」

　紫燕はトロっとした目で流星を見つめ、指で胸元（むなもと）をなぞる。

見たことのない後輩の姿に流星は動揺しつつ、不覚にも少しドキッとしてしまう。

「とにかく、離れろ有崎」

「あれ～ぶちょー、てれてるのー？　しえんのことすきになっちゃった？」

「バカなこと言うんじゃない」

「うふふ～こころにもあることいっちゃったぁ」

「せめて心にもないことを言ってくれ！」

二人の様子を見ていた珠季は慌て出す。

「紫燕、何してるの！　広尾君から離れなさい」

「あーっ、たまきせんぱいー、しっとしてるー」

「だ、誰が嫉妬なんかしてるっていうのよ！」

「うふふー。だいじょうぶですよー。しえんはたまきせんぱいだけのしえんだからー。ぎゅうーっ」

「いや、そっちの嫉妬かい！　じゃなくて、こら紫燕、ぎゅうしてないで離れなさい！」

流星から珠季にハグのターゲットを移し、放さない紫燕。

「たまきせーんぱいっ。だいしゅきほーるど、ぎゅぎゅぎゅうー」

「ちょ、ちょっと、紫燕！　恥ずかしいからやめなさい！」

「はずかしくないもん！　しえんとたまきせんぱいはぎゅうぎゅうしてはずかしくないんだも

ん！」

「ちょっと日比さん、これどうなってるの⁉」

珠季は思わず実々花に向かって叫ぶ。

「言うのを忘れてたのですが……紫燕ちゃん、熱が三八度を超すと甘えん坊になるんです」

「甘えん坊⁉」

「はい、甘えん坊です」

「な、じゃあ、どうすればいいの⁉」

「熱が下がるまで待つしか。さっき解熱剤飲ませたので、もう少しすれば熱も下がってくるかと」

「もう！　そんな冷静に言わないでよ！」

「ご安心ください。ここはこの私が紫燕ちゃんから副部長たちの身を守りましょう！」

そう言うと、実々花は制服のジャケットを脱ぎ、両腕を広げて、

「ほら紫燕ちゃんママですよー」

「ママー！」

紫燕が一目散に実々花に飛びつく。

「た、助かった……」

紫燕から解放された珠季は、流し台に手をつき汗を拭（ぬぐ）った。

「おー、よしよし、紫燕ちゃんはかわいいですねー」

「ママいいにおい。しえんはみみかママがいちばんすきなの。いつもなかよくしてくれてありがとね。これからもなかよくしてくれる？」

「もちろんだよ。私は紫燕ちゃんとずっと仲良しだよ」

「えへへーみみかすきぃ〜」

その様子を見て、流星と珠季は、

「なんか甘えん坊を通り越して幼児化してるな」

「さすが日比さんね。紫燕の扱いに慣れてる」

まるで本当の親子のようだ。

「有崎の方がしっかり者だと思っていたが、案外逆なのかもな」

「ていうか、紫燕、数秒前に私だけって言っておきながら、思いっきり一番好きなのは日比さんって言い出したわね」

「なんだ嫉妬してるのか」

「正直ちょっとジェラシーね」

しばらくすると、実々花に抱擁されて安心したのか、紫燕の呼吸が深くなってきた。

そして、実々花は流星たちを見てニコリと笑う。

「寝たみたいです」

すーぅすーぅ、と可愛らしい寝息を立てる紫燕。

そのまま三人でベッドまで運ぶ。

「ふう、一時はどうなることかと思ったな」

「そうね……まさか、紫燕にこんな一面があったなんて」

「紫燕ちゃんは元々甘えん坊さんなんですよ」

熱が出ると理性が保てなくなるのか。将来はアルコールに気をつけた方がいいな、と流星は後輩の可愛い寝顔を見て思う。

そのあと、お粥が煮えたのを確認した流星と珠季は、実々花に看病を任せて、帰路についた。

マンションを出るとすっかり日が落ちていた。

最寄駅までの道のりを二人で歩く。

「身近にいるようで知らないことばかりなのが人間だな」

「どこかの小説から引用したような言葉ね」

「そのつっけんどんな反応を予想できた俺は、おまえに関してだけは知ってることの方が多そうだ」

「はあ？　気持ち悪い。癪だわ」

「それも予想できた」

「ていうか、あなた紫燕に抱きつかれて、やけにデレデレしてたわね。まさかロリコンなの？」

「一つ下の女子にデレデレしただけでロリコンなら、世の男性は大半がロリコンになるぞ」

「デレデレしてたことは否定しないのね」

「なんだ嫉妬してるのか？　誰かに取られそうになって大切なものに気づくなんてのは、恋愛作品でも王道なパターンだ」

「そもそもの前提、私はあなたと『演技』で付き合ってるのだから、取られそうっていう表現が間違っているわ。文系らしからぬミスね。もしかして他の女に言い寄られたことで逆に私の魅力に気づかされたことを隠したくて焦(あせ)ってるパターンかしら？　これも恋愛作品の王道でありそうじゃない」

「好きに言ってろ」

「そっちがね」


（まったく、こいつも熱出して素直に甘えるような女子になってくれないだろうか）

（はぁ、この人も熱が出てもっと素直に甘えてくる男子になってくれないかしら）

（（そしたら、こっちも素直になってもいいんだけど））


気づけば最寄駅はすぐそこだった。

◆

「申し訳っございませんッッ!!」

翌日の放課後、すっかり回復した有崎紫燕が、部室の床に額をこすりつけて土下座していた。

紫燕の前には、マスクをした演劇部の三人。

流星、珠季、実々花。全員が全員、紫燕の風邪がうつって鼻をすすっている。

「大丈夫だよー紫燕ちゃん。幸いみんな熱は出てないみたいだし、症状も軽いから」

「いや、実々花、私の言ってるのはそこじゃなくて、いえ、風邪をうつしてしまったのも、もちろん、本当に申し訳ないのだけれど」

顔を上げた紫燕はいつものポーカーフェイスとは思えない、焦った表情で三人を見つめる。

「有崎……一応、あの時の記憶はあるんだな」

「……は、はい」

「私たちにぎゅうぎゅう抱きついたことも？」

「はい……タメ口も使ってしまって、申し訳ありません……」

「別にそこは気にしてないわよ」

「ああ、もう、恥ずかしいから思い出したくありません……！　許してください！」

「いや、有崎、そもそも俺たちは怒っちゃいないけど」

「けど……なんですか？　私の柔らかい感触が忘れられないから贖罪としてもう一度抱きしめろと言うのですか⁉」

「よし、完全回復してるようだな」

「珠季先輩も、お詫びの印として今日は私が看病します。家についていって、お風呂も一緒に入って、同じベッドで珠季先輩が寝つくまで添い寝します」

「うん、完璧に回復してるわね」

とは言いつつ、紫燕の顔は赤いので、これが発熱によるものでないなら、昨日のことは本当に恥ずかしかったらしい。

なんとまあ、可愛らしい後輩である。

TAKE5 初顔合わせ 前編

「ありがとう！」

部活前の渡り廊下。

二年生の初々しいカップルが、部室に向かう前の流星（りゅうせい）と珠季（たまき）に頭を下げた。

「二人ともお互いを尊重しあって、いいカップルライフを送ってくれ」

「そうね、また不安な時はいつでも相談しに来てね」

特段、親しいというわけでもない同級生カップルに二人は優しく声をかける。

演劇部カップルが板についてきた流星と珠季。最近ではこうやって付き合いたてのカップルから恋愛相談をされることが増えてきた。

同級生だけではなく、後輩や、はたまた三年生の先輩から相談されることもしばしば。

そのたびに、流星が作った台本で対処する。

恋愛小説や映画から引用したどこかで聞いたことがあるような言葉ばかりが並ぶ台本だが、みんな相談後にはスッキリした顔で礼を言う。

結局何を言われたかより、誰（だれ）に言われたかを気にするのだろう。

「そういえば……」

同級生カップルの女子の方が話し始めた。

「二人って一年生の時からそんな仲良かったの?」

「え?」

ふいに来た質問に流星は間抜けな声を出す。

こんな問いに対応した台本は用意していない。

女子に乗っかって今度は男子が喋り出す。

「あー、確かに一年の頃からそれぞれ有名ではあったけど、二人が付き合うほどに仲が良いなんて噂は聞いたことなかったしな」

珠季も流星と同じく返答に困っていた。

嘘をつくにもある程度のリアリティがないと信憑性に欠ける。

が、一年生時代の二人が良好な関係を築けていたかと聞かれれば、もちろん……。

二人は互いに顔を見合わせた。

決して出会い自体は悪くなかったはず。

そう、出会いは――。

◆

一年半前。

入学式が終わり、生徒たちの浮ついた気持ちも落ち着いてきた四月の下旬である。

首席合格で入学した流星も、ようやく高校生活に慣れ始めていた。

部活動の体験入部も始まり、流星はかねてから脚本の勉強になるかもと興味のあった演劇部を覗（のぞ）くため旧校舎に足を運んだ。

演劇部の部室である旧音楽室の戸を開けると、思ったよりも賑わっていた。

部員は五人。部長らしき男子生徒の掛け声に沿って、発声練習をしている。

部屋の隅には見学に来ている一年生もチラホラ。

流星も彼らに倣って音を立てぬよう静かに壁際で見学を始めた。

しばらく流星が演劇部の練習を見学していると、また新しい一年生が部室に入ってくる。

女子二人組だ。

彼女たちはグルッと部室の中を見渡すと、流星の横に空いていたスペースにやってきた。

そして、流星の顔を見るなり一人が、

「あ、広尾（ひろお）流星」

と、指さす。

別に知り合いではないが、新入生代表の挨拶（あいさつ）もしているし、首席の流星なら他校出身の生徒が知っていても不思議ではない。

しかし、知らない女子に話しかけられるなんてイベントは流星にとっては好ましくない体験なので、ここは会釈だけしてやり過ごそうとした。

すると、陰に隠れていた女子が前に出て言う。

「こらマナ、急に失礼でしょ。ごめんなさいね広尾君」

黒髪が輝く綺麗(きれい)な女子。

衝撃だった。

彼女にも名前を知られていたことはどうでもいい。指をさしてきた女子と同じ理由だろうから。

こんなに大人っぽい女子が同級生であることに、流星は衝撃を受けたのだ。

創作の世界に没頭するあまり流星は女子に対して恋心のような気持ちを抱いたことがない。

興味がないとまではいかないが、小説に出てくる可憐な女性や、アニメで萌えさせてくれるかわいいヒロインたちで事足りていたので、思春期特有の異性への関心が刺激されることも少なく、ラノベによくいるハーレム主人公のように、そこら辺の感覚は鈍化されていた。

それを一瞬で覆(くつがえ)すほどの刺激だったのだ。

つまりは一目惚(ぼ)れに近い。そう察知できるほどの恋愛観を本人はまだ持ち合わせていなかったが、自分の好みであることくらいは本能で理解していた。

そんな女子の周りで声が上がり始める。

「あれ、東中の東福寺(とうふくじ)珠季ちゃんじゃない？」

「本当だ、かわいいー」

「マジかよ東福寺さん見学来てんのかよ。うちの部入ってきてほしいな」

見学している一年生だけではなく、演劇部の先輩までもその名前を知っている。

どうやら有名人らしい。

そりゃそうだ。

こんなに綺麗なら有名にもなる。

流星は当然のように納得した。

そして、今さっき、その東福寺珠季に話しかけられたことを思い出し、流星は慌てて返事をする。

「あっ、いや、気にしてないから」

「そう。なら良かった。ほらマナも謝りなさい」

「へいへい。ごめんな広尾流星」

口を尖(とが)らせながらマナと呼ばれた女子は一言詫(わ)びて、そのまま見学の態勢に入る。

流星も見学の続きをしようと前を向きかけた時、何やら視線を感じた。

横を見てみると珠季がまだこちらをジッと見ている。

「あの……。まだ何か？」

「あ、いえ、なんでもないわ」

そう言って珠季は慌てた様子で視線を逸らし、マナと一緒に見学を始めた。


これが流星と珠季の初コンタクトである。

◆

数日後、迎えた演劇部の新入部員、入部初日。

旧音楽室に並んでいた一年生は、計三人だ。

流星に、見学の時に会った女子二人。

珠季とマナである。

「お、広尾流星よろしくー」

「こらマナ、また馴れ馴れしく。ごめんなさいね、広尾君」

「いや、別に……二人ともこれからよろしく」

中学時代、ほとんど女子と話してこなかった流星は少し緊張気味で挨拶を交わす。

演劇部の先輩たちにも、それぞれ自己紹介を終え、初日は軽いオリエンテーションと交流会で終わった。

その最中、流星はずっと珠季からの視線を感じていた。

流星からしても、珠季は見学の時から気になっていた存在だ。

部活が終わり、流星は一度珠季に話しかけてみようかと、迷っていた。

しかし、彼女の横にはマナがいる。

変に囃し立てられるのも嫌だ。

諦めてそのまま部室を出ようとした時である。

珠季の方から流星の元にやってきた。

「広尾君」

「は、はい！」

急な出来事につい声が上ずってしまう流星。

「先生から聞いたわ。入試の成績ダントツだったって」

「え？　そうなのか……知らなかった」

「ふふふ、謙虚なのね」

「いや、そんな。大したことじゃないから」

「大したことよ。私も自信あったんだけど二位だったみたい」

「東福寺さんもすごいじゃん」

「まだまだ。私、広尾君に追いつけるよう頑張るね」

「あ、ああ」

爽(さわ)やかに笑って走り去る珠季。

大人っぽく、クールな印象とは真逆の、綺麗な笑顔だった。


「何――、広尾流星にナンパでもされてたの珠季」

「そんなんじゃないわよ」


その背中を見て、流星は顔が熱くなるのを感じていた。

女子から面と向かって褒められたのは初めてだ。

それもおそらく自分の好みであろう女子から。

今まで女子との関わりなんて不必要だと冷めた目線でいた男がするような脈の速さではない。

それくらいドキドキしている。

まさに、女子に話しかけられただけで好きになってしまう男子の思考そのものだった。

そして流星はあることを決意した。

(東福寺さんに、失望されないよう、高校では首席合格の男として相応(ふさわ)しい立ち居振る舞いを覚えよう。女子とも、もっと上手(うま)く会話できるようにならなくちゃな。……瑠璃(るり)にでも相談し

てみようか）

広尾流星は自分が思うよりチョロかった。

一方、流星に話しかけ終えマナの元に向かった珠季の表情は真顔だった。

部活中、無意識に彼を目で追ってしまうほど珠季は流星に気を取られていた。

それほどまで一人の男に執着するのは初めてだった。

そして、ようやく流星と話すことのできた珠季はあることを決意した。

（絶対に次の試験ではあの男よりいい点数を取って、私が成績トップになってやる！）

東福寺珠季は広尾流星を敵視していたのだった。

◆

入学から半年も経つと、広尾流星の名は校内に知れ渡っていた。

「広尾くーん」

廊下を歩けば手を振ってくる女子。

流星が軽く手を上げ、「おう」と爽やかに返せば、「きゃー」と黄色い声が上がる。

「広尾、なんかオススメのアニメある？」

男子からも慕われている。運動部の男子が流星に話しかければ、周りにいた男子も集まってきて、談笑が始まる。

流星は峰藤(みねふじ)学園で確固たる地位を築いていた。

これは偏に流星の努力のたまものと言えよう。

幼馴染みの瑠璃からルックスや女子との会話術などあらゆるレクチャーを受け、日々それを実践する。

そうすることで、少しずつ流星は『学年首席の広尾流星』を作り上げてきたのだ。

それもこれも、ある人物に認め続けられたいから。


「広尾君、部室行きましょう」


流星を中心にできていた男子の集団に一人の女子が話しかけた。

男子たちは、一斉に口を閉ざし、その女子を緊張した表情で見つめる。まるでアイドルを目の前にしたファンのように。

そんな中でも、リラックスした様子で流星はクールに答える。

「おう、東福寺。そろそろ行くか」

男子たちに軽く挨拶をして、流星はそのまま珠季の隣に並ぶ。

決して、他の男子のように緊張したり、動揺した姿を見せない。

それこそが流星の目的だから。

たった一つの目的。

珠季にカッコつけたい。

その一心で今日までやってきているのだ。

男子たちから向けられる羨望の眼差しを背に、流星はそのまま珠季と部室に向かった。


部室に着くと、二人はそれぞれパイプ椅子を出して、座る。

広い部屋に二人だけの静かな時間が流れる。

「三年生が引退して、今日から二人きりだね」

珠季が言った。

「そうだな……この先、どうするか」

流星が答える。

文化祭にあった三年生最後の演目が終わり、元々二年生がいなかった演劇部は今や流星と珠季だけとなっていた。

「まさかマナが二週間でやめるなんて。入部した時には思ってもいなかったわ」

「東福寺より彼女の方が最初はノリ気だったのにな」

「飽き性なの、あの子」

「そうなんだ」

会話が途切れ、沈黙が続く。

流星は一度スマホを見て、別に何を確認するわけでもなく、ロックだけ解除して、またポケットにしまう。

(気まずい……)

流星は会話のネタに困っていた。

(女子との会話はだいぶ慣れてきたはずだ。だけど、面と向かって東福寺と二人になるのは初めてだ。いざ東福寺を目の前にすると、何を話していいのかわからない……)

珠季は珠季で、後ろ髪を前に持ってきて、意味もなく手ぐしを通す。

そして、この状況にこんなことを思っていた。

(気まずい……)

珠季も会話のネタに困っていた。

(三年生が引退したらこうなることはわかっていたけれど、いざその時が来てみると、思ったよりも気まずい。考えてみたら、広尾君とは試験の話か部活の話しかしたことないわ……)

実際にこの二人に、全くこれまでに交流がなかったかといえば、そうでもない。

部活中はそれなりのコミュニケーションを取ってきていた。

しかし、それは、
珠季にカッコつけたい流星と、
八方美人な珠季、
この二人がうわべで付き合ってきたまで。
なので、今回も同じような会話になる。
切り出したのは珠季。

「この前の試験、また広尾君にはかなわなかったわ」

「いや、東福寺だって三位以下をつき放す点数だったじゃないか」

「でも毎回、広尾君が一位。本当に尊敬するわ」

「そう言ってもらえると素直に嬉しいよ」


これもうわべの会話。

腹の中では、

（随分な余裕で、私なんか眼中にないって感じね）

（謙虚さを出しつつも、卑屈になりすぎない。今の返答はよかったんじゃないか？）

（入学当初は頼りない感じだったのに、最近やけに自信ありげなのよねこの人）

（ある程度は自信がある男の方がモテると瑠璃が言っていたしな。褒められた部分は素直に受け入れるのがテクニックの一つだ）

（これまでの試験結果で、もうこいつに負けることはないと確信を持ったのかしら。つまりライバルとして見切りをつけられた……悔しい）


こうやって、互いに猫をかぶっているのだ。


「なんだか最近の広尾君は自信が満ちているようで、頼もしいわね」

「そうか？　普通にしてるつもりだけど。でも、東福寺に評価されるのは自信につながるよ」

（よし。東福寺のことも褒めつつ、鼻につかない返しができた）

（鼻につくわね）

（それにしても東福寺はもっとクールでとっつきにくい感じだと思っていた[illegible]の半年でだいぶ印象が変わったな）

（鼻にはつくけど……。この半年でわかったのは、悪い人ではないのよね、広尾君って）

（だからこそ……）

（だからこそ……）

（やっぱり、気まずい）

何か要求を通したい時に、ストレートに「何々をしてほしい」と伝えるより、「いつも何々をしてくれて助かる」と伝える手法がある。トイレの張り紙で、よく見る「いつも綺麗に使っていただきありがとうございます」という、あれだ。

これは自分を評価してくれる相手は簡単に裏切れないという心理が働くことを利用した、要求の通過率を上げる一つのテクニックなのだが、流星と珠季にも、このような心理効果が互いに無意識下で働いていた。

自分を評価してくれる彼・彼女を裏切れない。

相手がいい人だから、こちらもいい人を演じなければいけない。

そんな気持ちが、うわべの付き合いをさらに加速させる。

結果的に、相手の懐に一歩踏み込めず、気まずさだけが残る。

特に相手の心理を探ろうとする頭の回転が速い者同士で起こりやすい現象だ。

もちろん、本人たちにはそんな意識はないし、部活仲間として関係を継続していくだけなば、別に支障はない。支障はないが……。

（二人きりってのがキツいんだよなあ）

（二人きりってのが厳しいのよね）

流星は最も直接的な解決策を提案した。

「部員増やすか」

珠季も同じことを思っていたので、提案に乗る。

「そうね。顧問の木村先生に相談しに行きましょう」

「あ、待てよ、今何時だ？」

「十七時五分よ」

「あの人、十七時になるときっちり帰るんだよ」

「部活中も顔見たことないものね」

「相談は明日にしようか」

「うん、そうしましょう」

ひとまずの方向性が決まったところで、流星は立ち上がってパイプ椅子をたたむ。

「じゃあ、今日はそこの台本の整理だけして帰ろうか」

流星が指さしたのは、部室の隅に置かれた、口の開いた箱のダンボール。

中には大量のＡ４用紙が束になって積まれていた。

今までに使われた台本だ。

原本だけでなく、各個人が使っていたものも全てまとめられているので量も多い。

「じゃあ、準備室からもう一箱ダンボール持ってくるわね」

珠季が準備室から持ってきた空箱を、台本の入ったダンボールの横に並べて、二人はさっそく、今後使用するかどうか取捨選択を始める。

「まずは、原本以外は全部処分でいいかな」

「そうね。同じものがあってもかさばるだけだし」

識別は簡単だ。

原本には『原本』と表紙に大きく赤文字で書かれているし、そうでないものはそれぞれ、持ち主の氏名が書かれている。

「ハムレットにリア王、今年の文化祭で俺たちも参加したロミジュリ……やっぱり定番のシェークスピアが多いな」

「あら、最近の作品もけっこうやってるのね。シブリ作品に、デズミー、あと……『彼の名は』……？　広尾君知ってる？」

「ああ、俺たちが小学生の時に流行ったアニメ映画だよ。ほら、演目をやったのも六年前の文化祭だから、時期がかぶってる」

「へえ、さすが広尾君。詳しいのね」

「東福寺はあまりアニメとか観ないのか？」

「正直そういうのには疎くて。このシブリ作品やデズミー作品もタイトルを知ってるくらいで、観たことはないかな」

「えっ？　むかいのトロルも？」

「うん」

「銀としずくの髪遊びも？」

「だからそうだって。ちょっとバカにしてるー？」

「いや、ごめんごめん。まあ、そういう人もいるよな」

「やっぱりバカにしてるじゃない、もう」

「あはは。それにしても既存作品ばかりだな。高校の演劇部ってこういうもんなのかな」

「どういうこと？」

珠季が不思議そうに隣の流星を見る。

流星はその瞳にドキッとしながらも答える。

「その、俺、脚本とか書くの好きでさ。演劇部でもオリジナルの脚本でやれるかなーって思ってたんだ」

「なるほど。すごいわね。自分で物語を考えられるってことでしょ？」

「そんな大したことじゃないよ。ただの素人の妄想話だって言われればそれまでだし」

「でも、ただの妄想話も起承転結やプロットがしっかりしてなければ劇にならないじゃない？

「ああ、峰藤と言ったらやっぱり文系だよな」

「うん、峰藤と言ったらやっぱり理系よね」


「ん？」

「え？」


「悪い、ちょっとかぶっちゃって聞こえなかった」

「私も聞き逃しちゃったわ」

「文系だよな」

「理系よね」


「は？」

「は？」


「広尾君、ちょっとごめんなさいね。聞き間違いじゃなければ、今、文系って聞こえたんだけれど」

「ああ、文系って言ったよ」

「あれ、えっと、うーん、広尾君は一応学年トップの成績をこれまでキープしてるわけでね、この私を差し置いて、一位を取り続けているわけで、別に理系科目が苦手ってことではないのよね」

「そうだな、別に苦手ではない」

「うん、じゃあ、冷静に考えてね。なぜ文系なの？」

「東福寺、さっきまでしてた話はもう忘れちゃったかな？　俺は脚本を書くのが好きだって言ったよな？」

「ええ、言ったわ。それで？　まさかあなたほどの、賢い人が、趣味と学業の分別ができないとは思っていなかったのだけれど。ああ、ごめんなさいね、本気で将来的に脚本家やそれに類似したクリエイターを目指すってなら趣味って言い方は少し語弊があるかもしれないけれど、別に文系じゃなきゃクリエイティブな仕事に就けないなんて決まりはないのよ？」

「もちろんそうだが、まず大前提として、なぜ理系に進むことが当然というような言いぶりなんだ？　まるで理系の方が賢いとでも言いたいように聞こえるぞ」

「文理選択は個人の自由だからそこに優劣をつける気は全くないけれど、事実、客観的なデータとして、文系の方が偏差値が高くなる傾向があることは知っているわよね？　つまり絶対的な観点から見たらそれほど理系が難しいということであり、同じ偏差値で文系と理系の生徒がいたら『賢い』と呼ばれるのは理系の方だという見解が一般的じゃないかしら？」

「なるほど、あくまで一般論として語っているのはわかったが、俺が文系を選んではいけないという理由にはならないんじゃないか。それこそ東福寺も言っていた通り、進路の選択に優劣をつけるもんじゃない」

「ええ、普通ならね」

「普通なら？」

「あなたは学年一位の人間なのよ。それも、この峰藤学園で、この私を、差し置いて。その自覚はあるはずよね？　だって、わざとらしく、自分が一位の男であるというような立ち居振る舞いをしているもの」

「な……っ！　わざとらしく……⁉　お、俺が学年一位に相応しい男子をあえて演じているとでも言うのか⁉」

「そうよ、入学当初に比べてやけに余裕が出ていると日頃から思っていたけれど、考えてみれば、そういう風に振る舞っていたのよね？」

「だ、だ、だとして……なぜ、それが理系に進むべきだという話になるんだ」

「だから、学年一位であることをそれだけアピールしといて、理系に進まず競争から逃げるなんて許されないって言っているの」

「逃げる？　いったい何から」

「この私よ！　散々、私から一位の座を奪っといて！」

「そんなの暴論が過ぎるぞ東福寺！ なんだ、もしかしておまえ、ずっと俺の成績に嫉妬していたのか」

「ええ、そうよ！ 癪だったのよ！」

「な、な、な、な、じゃあ……演劇部の入部初日に、俺のことを褒めてくれたのは……」

「褒めた？ そんなの覚えてないわよ。まあ、どんな男か偵察したかったってとこね」

「そんな……」

「ていうか、暴論なんて私を否定するけど、あなただって、峰藤と言ったら文系だ、なんて決めつけた言い方したり、私が理系に決めていると聞いた時に怪訝そうな顔してたじゃない」

「それは、演劇部に入るくらいなんだから、文系を選ぶと思うのは当然だろ。同じ感性を持っているると思ったから、おまえに合わせて、峰藤と言ったら文系と、ちょっと過度な表現したんだよ。共感されること前提でな」

「ああ、なんだかあなたのことずっといい人だと思いながら、どこか違和感を覚えていたけれど、ようやくその正体がわかったわ。感性とか共感とか、物事の判断をする軸が抽象的で曖昧なのよ。実に非合理的だわ」

「俺もおまえのことをずっといい奴だと思っていたけど、とんだ勘違いだったと、ようやく理解できたよ。八方美人なだけで、本性は口が悪くて計算高い、ただの合理主義者だったんだな」

「八方美人？　生物として誰でもできる当然の社会的行動を取っているだけじゃない。ああ、あなたは演技じゃなきゃできないみたいだけど」

「その社会的行動だってみんな演技じゃないか。人間なんて誰しもが仮面をかぶって生きてるんだよ。まさにおまえのようにな」

「出た出た。仮面をかぶるなんて、いちいちフィクションのような言い回し。鳥肌が立つわ」

「なんだと」

「何よ」


二人は互いにこれでもかというほどの憎悪を込めて相手を睨む。

そして、漫画のようにフンッと鼻を鳴らして、そっぽを向いた。


「俺ここにある台本、一人でゴミ捨て場に持ってくから」

「あっそ」

「そっちのダンボールに入ってる原本は捨てないで準備室にしまっておけよ」

「わかってるわよ。いちいち指図しないでくれる？　癪だわ」


ダンボールを持って部室を出る流星。

（俺は何を今まで浮かれていたのだろう。結局、創作の中にいる女性とは違って、現実の人間は本性を隠してる悪魔ばかりなんだ。もう二度と本心がわからない相手を魅力的に感じるなんてヘマしないぞ……。ん、でも、そうなると今ので、東福寺は本心を知った数少ない女子の一人になるのでは……。いやいや、いくら本心が知れても、あんな堅物合理主義者の女じゃな）

ダンボールを持って準備室に入る珠季。

（この私が、あんなに感情的になるなんて……初めての経験だわ。私ってこんなに口が悪かったのね。それもこれも、あの男が悪いのよ。ライバル心を抱きながらも、尊敬してる面だってあったのに。まあ、文系に行くならもう関係ないけれど。そうよ、もう関係ないんだから、あの男のことなんて考えなければいいのよ）

こうして、二人はそれぞれに対しての『演技』をやめたのである。

TAKE6　初顔合わせ　後編

翌日の放課後。

流星(りゅうせい)と珠季(たまき)は、十七時を回る直前に滑り込みで職員室に訪れた。

「なんだ広尾(ひろお)と東福寺(とうふくじ)。用か？　先生もう帰るんだけど」

「演劇部のことで」

流星が帰り支度をしている顧問の木村(きむら)に言った。

木村は夕方で青くなり始めたあごひげをザラザラと撫でながら、

「ああ、そういえば二人とも演劇部か。でも一年生は確か、今日は進路相談があるだろ？　また明日にしなさい。先生帰るから」

「進路相談はもう終わりました」

「ええ？　そうなの？　東福寺は？」

「終わってます」

「んー、仕方ないな」

木村はそう言って、既に肩に掛けていたカバンを机の上に置く。

「二人は、もう文理選択は決めてるのか？」

木村が聞くと、

「文系です」

「理系です」

同時に答え、同時に相手を睨む流星と珠季。

木村はそんな二人のあからさまな衝突にも興味がなさそうに、

「それで、演劇部のことってなんだ？」

話を始めたのは珠季。

「三年生が引退して、今、部員が私と広尾君しかいないんです」

「ふーん。そうかそうか」

「なんとか部員を増やしたいんですけど」

「二人じゃダメなのか？　来年どうせ新しい一年生入ってくるだろう？　おまえたち人気らしいし、新入部員に困ることはないだろう」

「来年までの期間が二人じゃ嫌なんです」

珠季が力強く言う。

それに合わせて流星も、

「二人じゃできる練習も限られますし、それこそ来年まで演目もできなくなります」

「演目って、文化祭以外にやることあるのか？」

「ありますよ。大会だってあるんですから」

この先生は本当に何も知らないんだなと、その幽霊顧問っぷりに呆れながらも流星は進める。

「部員募集の張り紙とかしていいですか？」

「えー。あれするのに申請必要だからなー。掲示物関係けっこう、うるさいのよウチの学校」

「ですから、その申請通してください」

「面倒だなー。雛形とかどのファイルに入ってるかわかんないし」

さすがの流星もイライラしてきたが、それよりも先にキレていた人物がいた。

「木村先生、私たちの顧問なんですよね？　お仕事してくれませんか？」

「先生ってのもやること多いんだよー。ほら、今だってもう定時から五分過ぎてる。残業だよ残業」

「先生が大会の引率もしてないこと教頭先生にバラしますよ。そうなったら、今後は今日以上に残業が増えることになりますけど」

「あー、あー、わかったわかった。怖いこと言わないでくれよ東福寺。じゃあ、ちょっと待って」

木村がデスクの引き出しをあさりだす。

そして左上がホチキスで留められた、紙の束を珠季に渡した。

「なんですか、これ？」

「去年の体験入部生の受付用紙。おまえらも名前と志望動機書いたろ？」

「ああ、そういえば」

去年のということは、今の二年生のものだ。珠季は一枚一枚めくって確認する。計五枚。

「まあ、入部してないってことは全員、他の部にもう所属している可能性の方が高いだろうけど。中には帰宅部もいるかもしれない。そいつら当たってスカウトでもしてみたらどうだ。少なくとも演劇部に興味があった人間だし」

流星も珠季の持っている用紙を覗く。そして木村に、

「確かに、張り紙よりは即効性がありますね」

「だろ？　それでダメだったら諦めて今年は二人で頑張れ」

そう言いながら、木村は再びバッグを抱え、デスクを発った。

「あ、木村先生、まだ……！」

「先生ができるのはここまでだ。次来ても何もできない。もう一度言うぞ、次来ても何もできない。じゃあ、頑張れよ部員たち」

そして、風のように職員室をあとにした。

「しょうがないわ。何も得られないより、十分マシな結果よ。この先輩たちを当たりましょう」

流星と珠季の部員探しが始まった。

◆

「やっぱりこの人も他の部に入部済みか」

翌日の昼休み。

二年生の教室が並ぶ新校舎三階の廊下で、流星が言った。

顧問の木村からもらった受付用紙をめくる。

これで消化したのは三人。

残りは二人だ。

「もう昼休み終わるし、残りは放課後にしましょう」

珠季がスマホで時刻を確認して言う。

「帰られたり部活行かれたら足取りを追えないから、ホームルーム終わったらすぐ行くぞ」

「言われなくてもわかっているわよ」

流星と目も合わせずに珠季は自分の教室に戻っていく。

流星も流星で、珠季と同じ方向に進んだ方が早く教室に戻れるのに、あえて遠回りになる逆側の階段に向かって歩き出した。

「せめて一人でもいいからなんとか入部してくれる人を見つけたい……」

流星は切実に願った。


放課後。

流星と珠季は急いで二年Aクラスの教室に駆け込んだ。

突然やってきた一年生に視線を奪われる生徒たちだったが、それが広尾流星と東福寺珠季だと気づくと、途端に色めき立った様子を見せ始める。

既にこの二人は二年生の間でも有名な存在となっていた。

急いだかいがあり、教室には半数以上の生徒が残っている。

流星は全員に聞こえるくらいの大きさで、先輩たちに声をかけた。

「すみません、鈴木直美(すずきなおみ)先輩いますか！」

一同がキョロキョロとする中、徐々に視線が一点に集中し始める。

その中心から、ショートカットの大人しそうな女子が一人、流星たちの前までやってきた。

「わ、私だけど……？」

「鈴木先輩、突然すみません。僕たち演劇部の一年なんですが」

「ああ、うん、知ってる。二人とも有名だから」

「実は折り入って鈴木先輩にお願いがありまして」

「え……私に？」

「はい。その……もし、よかったら演劇部に入ってもらえないでしょうか。鈴木先輩が去年の体験入部に来ていたと、顧問の木村先生から聞きまして」

「あー……、そういえば行ったけな」

直美が上を向いて言う。

この反応はあまり好ましくない。体験入部に参加したことを忘れていたということは、現時点で演劇部への興味がほぼ残っていないことが予測されるからだ。

案の定、

「でも、私……今、バドミントン部なんだよね」

直美はそう言って、背中に隠れていたラケットケースを前に出して見せる。

ダメだったかと諦める流星の一方で、珠季が食い下がる。

「あ、あの……バドミントン部と兼部でもいいので、週のうち、二日……いや一日だけでも参加してもらえたりしないですか？」

「えー……そんなこと言われても」

珠季も無茶なことを言っているとわかっていた。

しかし、一応、算段はあってのことだ。

元々バドミントン部は人数が少なく、実績もあまりないので、峰藤(みねふじ)学園の中では冷遇されている立場の部活だ。

体育館の使用時間も、同じく部員数の少ないハンドボール部と交代制で、週のうち半分が屋外でのランニングやラダートレーニング、またはグラウンドの本当に端っこの方で対人練習をしているだけという日になっている。

バドミントン部に所属しているクラスメートからその愚痴をよく聞いていた珠季は、直美も屋外日に不満を持っているかもしれないと、一縷(いちる)の望みを賭(か)けて、兼部の提案をしてみたのだ。

しかし、直美の返答は虚しく。

「一応、私バドミントン部の部長だから……それは無理かな」

粘りようのない理由だった。

「そうでしたか……急に変なこと言ってすみませんでした」

珠季が頭を下げ、それに合わせて流星も一緒に謝る。

直美は困惑しながらも、

「役に立てなくて、ごめんね。うちの学年に演劇部いないもんね。大変だろうけど頑張ってね」

と優しく、励ましてくれる。

流星と珠季は改めて直美に頭を下げて、廊下に出た。

これで五人中四人に断られた。

残るはラスト一人。

用紙に書かれた氏名は『高橋陽斗(たかはしはると)』。

事前に調べてわかっている所属クラスは二年Fクラスだ。

二人はダッシュでその教室に急いだ。

「すみません、高橋陽斗先輩いますか！」

到着するなり、先ほどと同じく流星が教室の中に向けて叫ぶ。

時間が経(た)っている分、Ａクラスの時よりも人が少ない。

だからか、反応が早かった。

「陽斗なら第一体育館行ったよ」

「ありがとうございます！」

流星は礼だけ告げると、すぐに第一体育館に向かった。珠季もそのあとを追いかける。

第一体育館はバスケ部の練習場所だ。だとすると、もちろん男子バスケ部に所属している可能性が非常に高い。

だが、決まったわけではない。

少しでも可能性があるならと、流星は廊下を走る。

バスケ部に所属していても、そうでなくても、できれば部活が始まる前に話をしたい。

珠季も思考は一緒だったので、何も言わずに流星についていく。

第一体育館に着くと、練習前のバスケ部がパラパラとコートの周りで準備をしていた。

シューズの靴紐（ひも）を結んでいる人もいれば、ストレッチで足を伸ばしている人。

コートの中には練習前の遊びで３ｏｎ３（スリーオンスリー）をしている人もいた。

そのうちの一人、入り口に一番近いところで靴紐を結んでいた男子が流星たちに気づく。

「あれ、広尾じゃん」

流星のクラスメートの北村（きたむら）だ。

「おお、北村。高橋陽斗先輩っている？」

「陽斗先輩？　ああ、さっきまでそこで３ｏｎ３一緒にやってたけど、多分もう第二体育館行ったんじゃない？」

「第二体育館？　高橋先輩ってバスケ部じゃないのか？」

「ああ、陽斗先輩は……」

「広尾君、もう時間がないわ。第二体育館でも部活が始まっちゃう。行きましょう」

北村が答える前に珠季が流星に催促の声をかけ、その手を引っ張った。

「わ、悪い北村！　ありがとうな！」

珠季の勢いに負け、そのまま第一体育館を離れる流星。

「広尾の奴……東福寺さんと仲良さそうで羨ましいな……」

第二体育館は第一体育館より広く、コートが三面ある。

手前から男子バレー部、次に女子バレー部、そして一番奥が例のバドミントン部とハンドボール部の共用コートだ。今日はハンドボール部が使っている。

流星たちが到着した頃にはあいにくどの部も練習前のアップが始まっていて、コートの端から端まで行ったり来たりと走り抜けている。

オーという掛け声とともにダッシュをしている男子バレー部を目の前に、流星たちは動けずにいた。さすがにこの緊張感の中、誰かに声をかけるのは無理だ。

この中に高橋陽斗がいるのだろうか。それとも、奥のハンドボール部か。

すると、背後から声がかけられた。

「あのー、そこいいですか?」

振り返ると二年生用のジャージを着た女子が、オレンジ色のスクイズボトルを何本か抱えて立っていた。

流星たちは体育館の入り口を塞いでることに気づき、すみません、と慌ててそこをどいた。

おそらく男子バレー部のマネージャーだろう。

流星は少しでも情報が欲しいと思い、女子に聞く。

「あの、すみません。高橋陽斗先輩っていますか?」

「高橋くん? ああ、さっきまでミニゲームして遊んでたけど、もうグラウンドの方に行っちゃったよ」

「そうですか、ありがとうございます」

流星は一礼する。

その横で珠季が続けて女子に言った。

「あの、厚かましいようで申し訳ないんですが、私たち高橋先輩を探してまして、どんなお顔かわかる写真とかないでしょうか?」

女子はスクイズボトルを地面に置き、

「ちょっと待ってね」

と、スマホを取り出した。なんて親切な女子だと流星は脇で小さく感動する。

「あった、この子」

修学旅行の時に撮った写真だと、女子は指で高橋陽斗の顔を拡大する。

「ありがとうございます。助かります」

「いいえー。それじゃあ私は部活あるから」

再びスクイズボトルを抱えて体育館に入っていく女子に一礼してから、珠季は昇降口に駆け出した。

流星がその背中を追いかけながら言う。

「いい人だったな」

「そうね。顔もわかったしありがたいわ。それにしても、あっちこっち姿を消す先輩ね」

「バスケ部なのかバレー部なのか、それともどちらでもないのか」

「どちらでもあるという選択肢もあるわ」

「漫画でよくいる助っ人スーパーマンみたいな？」

「漫画をあまり読まないから助っ人スーパーマンがどういう人なのかわからないけれど、私の中学にも陸上部と水泳部を兼部してた人がいたわ」

「もし、高橋先輩がそうなら、演劇部にも兼部してくれるかもな」

淡い期待を抱きながら、流星たちは外履きに履き替え、グラウンドまでたどり着く。

グラウンドはほぼサッカー部が利用している。

その脇で陸上部とバドミントン部。

そして、隅の小さなスペースにアメフト部。

珠季は先ほど見せてもらった写真を思い出しながらグラウンドをくまなく見渡す。

「……いたっ！　あの人じゃない⁉」

珠季がアメフト部の方を指さして言った。

流星も目を凝らしてそちらを見る。

「間違いない。あの人だっ！」

人数が少ないせいだろうか、他の部活が練習を始めてる中でアメフト部だけ談笑をしながら遊び半分にタックルをし合っている。

その中に一人だけ防具もつけてない制服姿の男子がいた。

それが高橋陽斗だ。

流星と珠季は他の部活の迷惑にならないよう、ぐるりと校庭の外周に沿って、アメフト部のいる場所まで走った。

が、直前でバドミントン部のランニングとぶつかりそうになる。

慌てて二人はルートを逸れ、バドミントン部が通り過ぎるのを待った。

「あっ、さっきの」

去り際に流星たちの姿に気づいた鈴木直美がこちらに視線を飛ばす。

流星たちは会釈だけして、改めてアメフト部の方を見る。

が、そこに高橋陽斗の姿はなかった。

「もう、なんなの！　あの人って観測するまで位置が確定しない量子か何かなの⁉」

「意味わからん例え方するな。言うならツチノコか何かだろ」

「例えの的確性なんてどうでもいいのよ！」

「とりあえずアメフト部に高橋先輩の行方を聞こう」

依然、練習を始めていないリラックス状態のアメフト部に、流星が声をかける。

「すみません、先ほどまでここにいた高橋先輩ってどこに行きましたか？」

「ん？　陽斗ならそこにいるよ」

アメフト部が指をさしたのはグラウンドをコートいっぱいに使っているサッカー部。

サッカー部は二チームに分かれてゲーム式の練習をしていた。

そして、黄色のゼッケンをつけたチームに一人だけ制服の高橋陽斗が交じっていた。

なかなかいい動きをしている。

「もしかして、高橋先輩ってサッカー部なんですか？」

「いや、帰宅部だよ。あいつ友達多いから放課後はいろんな部活に遊び行ってんだよ」

彼の正体は帰宅部の陽キャだったらしい。

「だけど、あれはガッツリとサッカー部の練習に参加してるように見えるんですが……？」

「あいつ中学時代わりと有名なサッカー部のエースだったたから、たまにああやって人数合わせでサッカー部の練習参加するんだよ」

つまりサッカー部だけはガチ参加ということである。

「そうですか……ありがとうございます」

「陽斗に用事あるなら多分サッカー部の練習終わるまで待たないと空かないよ」

その証拠にいつの間にか高橋陽斗の上半身からブレザーとネクタイが消えていた。

流星はアメフト部に一礼して、校舎の方へ歩いて向かう。走らない。もう急ぐ必要はないから。

珠季も同じく流星のあとを追って歩く。

二人は徒労感から同時にため息をついた。

「まあ、でも帰宅部だってことは今までの中で一番、演劇部に入部してくれる可能性が高いってことだ。その情報を摑めただけでも今日走り回った意味はある」

「ん……？　ちょっと待って広尾君。まさか今日はもう帰るつもり？」

「そりゃ……高橋先輩の素性もわかったし、サッカー部の練習が終わるまで空かないって今アメフト部に言われたろ？」

「だから待てばいいじゃない」

「おまえな……練習終わるまであと二時間もあるんだぞ？　もう顔もわかったんだから明日また二年生の教室行けばいいだろ」

「そうしたら、今日これまでの時間が無駄になるじゃない」

「気持ちはわかるが損切りをしろって言ってんだよ。今日費やした時間と明日費やす時間を足しても、二時間分にはならない。おまえの大好きな効率的な考え方じゃないか」

「それは明日、高橋先輩をスムーズにつかまえられたらという前提の元ね。今日みたいにまた振り回されたら、損が重なるというリスクを高確率に含んでるわ。一方、今日このままサッカー部に張りついて待っていれば、確実につかまえられる。効率がいいのはどちらかしら？さすがの文系志望でもわかるわよね？」

「それは……」

「はい、終了。私の意見を聞いてすぐに反論できない時点であなたの提案は軸が甘いってことよ。それじゃあフェンス裏のベンチで高橋先輩を見張るわよ」

珠季は勝ち誇った顔でスタスタと流星を追い抜き、校庭を囲むフェンス裏まで歩いていった。

「かわいくない女だ」

流星も悔しそうにそのあとを追う。

そして、二人はベンチの端と端に座り、サッカー部の練習が終わるのを待つのであった。


二時間後。

日はすっかり落ち、時計の針が夜の七時を告げる。

「陽斗、今日もサンキューな」

サッカー部のメンバーがボールを片づけながら、高橋陽斗に手を上げた。

「おう、また明日な」

ブレザーを羽織りながら、高橋陽斗はサッカー部に手を振り校舎に向かう。

それを見た珠季と流星はすぐにベンチを立ち、高橋陽斗の方に走っていく。

高橋陽斗がちょうど校庭と校舎をつなぐ階段に足を掛けたところで、流星たちはようやく彼と対面することになった。

流星はすかさず高橋陽斗に話しかける。

「高橋先輩、すみません。演劇部の者なんですが、ちょっとお話いいですか？」

「俺？　別にいいけど。演劇部？」

「はい、僕たち演劇部の一年なんですが、今、部員が二人しかいなくて、もしよければ高橋先輩に入部してもらえないかなと思いまして」

「おー、演劇部楽しそうだねー。この前の文化祭も観たよ」

「ありがとうございます！　なら……」

「でも、なんで俺なの？」

高橋陽斗が不思議そうに聞く。

それに、珠季が体験入部の受付用紙を見せて答えた。

「高橋先輩が演劇部に体験入部で来たことがあるって顧問の先生から聞きまして」

「あー、したっけ？　てか、噂の東福寺さんじゃん、君。東福寺さんいるなら入ってもいいかな」

「本当ですか⁉」

珠季は受付用紙を胸に抱えて目を輝かせた。

「うんうん。じゃあ入ってあげる代わりに今度の日曜、一緒に映画行こうよ。演劇の勉強になるでしょ？」

「え……あ、はい。入ってくれるなら。広尾君も日曜空いてるわよね？」

珠季が流星の方に振り向くも、その前に高橋陽斗が、

「いやいや二人でに決まってんじゃん。それとも君たち付き合ってたりするの？　カップルでやってる部活に入んのはアウェーすぎてやだなー」

「彼とはそういう関係じゃありません」

「じゃあ、二人で行こうよ。ね！　そしたら入部してあげるから」

珠季はもう一度流星の方を見てから答える。

「わ……わかりま――」


「結構です」

珠季の返事が終わる直前で流星が前に出て言った。

「ん？　何？」

高橋陽斗がキョトンとした顔で言う。

「そういった条件をつけるなら入部していただかなくて結構です」

「いやいや、なんか変な風に捉えてる？　ただ俺は演劇部に入るなら演劇の勉強しようと思ってるだけだよ」

「そのお気持ちはありがたいですし、こちらから声をかけておいて非常に申し訳ないのですが、そういった誤解を招くような言動をされると後々のトラブルになりかねないので。もし勉強ということでしたら俺が付き合います」

「げー、ノリ悪ー。まさに文化部って感じだな。まーいーや。じゃあこの話はナシで。じゃーなー」

特段怒った様子もなく、笑いながら高橋陽斗はその場を去った。その余裕が流星にはなんだか妬ましくも羨ましく映った。

「ちょっと、広尾君！　なんてこと！　せっかく入部してくれそうだったのに！」

「ああいう空気の読めない冗談を言う奴は後々にトラブルを起こす」

「だからって、ここまでの努力が水の泡じゃない！」

「わかってる。勝手なことして悪かったよ」

流星はそれだけ言い残して、荷物を取りにそのまま教室に戻った。

「……なんなのよ、あの男」

珠季も距離を置いてから歩き出した。

机の横にかけてあるカバンを手に取り、流星はため息をつく。

「俺はなんて、バカなことを……」

ようやく部員が増えるかもという大チャンスを自ら棒に振った自分の言動に、後悔ばかりが残る流星は、トボトボと出口まで歩き、蛍光灯のスイッチを切って廊下に出た。

完全に下校時刻を過ぎ誰もいない廊下に、二つ先の教室からカバンを提げた珠季が出てきた。

流星がそちらを見る。

珠季は流星の視線に気づきながらも、決して目は合わせずに言った。

「私……演劇部やめようかな」

「…………」

流星は押し黙った。

「元々マナが一緒に入ってくれってうるさいから入部しただけだし」

「…………」

「来年に新入部員が入ってくるなんて保証もないでしょう？　悪いけどそこまで忍耐強くないわ」

「そうか。わかった」

ようやく言葉を発した流星の方を見て、珠季は、唇を嚙みながら一人、昇降口に向かった。

「……なによ」
流星はその背中が見れず、床に転がる埃(ほこり)を見つめていた。

珠季はモヤモヤした気持ちのまま校門をくぐった。
夜の鋭い空気が首筋を冷たく刺す。
このまま本当に演劇部をやめるべきなのだろうか。
なぜ彼は、あんな簡単に受け入れたのだろうか。
一人で演劇部を続けていくつもりなのだろうか。
それとも、演劇部を存続させること自体、諦めたのだろうか。

どうして、自分はこんなにも広尾流星のことばかり考えているのだろうか。

振り返ると校舎の明かりはもう消えていた。
流星ももう帰ったのだろうと、そう思った時、

「東福寺……！」

視線を落とすと、肩で息をする流星が立っていた。

珠季はそのまま視線を落とし続け、アスファルトを見ながら答える。

「何?」

「はあ、はあ…………やっぱり。やっぱり、やめないでくれ。……演劇部」

「どうしたの急に。今さら一人になるのが嫌になった?」

「おまえは……演劇部の活動が楽しくなかったのか?」

「そりゃ……楽しかったわ。文化祭で初めて役をもらった時もすごく嬉しかった」

「だったらやめないでくれ。演劇が楽しいと思うなら部をやめないでほしい」

「でも結局、部員も増やせなかったじゃない」

「二人で続ければいい」

「二人って、あなたも意見の合わない私と無理しているなんて嫌でしょ? 確かに演劇部は楽しかった。でもさっきも言った通り私は所詮友達の付き添いで入部しただけなの。あなたとは動機の熱量に差がありすぎるわ。それならどっちが去るべきかなんて明白でしょう? 目的がある人の邪魔まではしたくないわ」

「別に……邪魔じゃない。俺は……おまえと二人でも嫌じゃない」

「え……?」

「おまえがそんな本性を隠してたなんて確かに驚いたし、初めはムカつくことも多かったさ。

けど、それは俺だって同じだ。俺だって自分を繕って演技してた。今は、その……逆におまえといる時は、素の自分が出せて楽というか……ちょっと楽しいと思うこともあった」

「何よそれ……今さら」

「だから、おまえが演劇部を楽しいと思っていて、もし……俺と二人が嫌じゃなければ」

流星は顔を上げて言う。

「これからも一緒にいてほしい」

あまりにまっすぐ見るものだから、珠季は視線を外せなかった。

そして小さく返事をする。

「わかった……やめない」

気づけばもう二十時近くになっており、流星は珠季を家まで送ることにした。

その間、二人はずっと無言だった。

何を話すでもなく、ただただ、帰宅の道を黙って歩く。

東福寺家の玄関まで着いたところで最後に珠季が流星に聞いた。

「ねえ。あの時、なんで高橋先輩の入部を拒んだの？」

「おまえの目が……助けてくれって言っているように見えたから。余計なお世話だったとしたら悪かった」

「……ううん。ありがとう」

流星はその時、珠季の本当の笑顔を見た気がした。

それは、今まで見てきたどんな女の子よりも、かわいかった。

◆

現在に戻る。

流星と珠季は互いに顔を見合わせながら、当時のことを思い出していた。

(これからも一緒にいてほしいなんて……俺はどこぞのキザ男か。ああ、思い出すだけで恥ずかしい)

(改めて思えば、あの夜……私は広尾君の言葉に内心、喜んでいた。というか、止めに来てくれるのを待っていた。ああ……恥ずかしい)

同時に赤面する二人を見て、同級生カップルは笑いながら言う。

「はいはい、わかったわかった。二人して顔赤らめるくらい当時から相思相愛だったたってことね」

「あ、いや、そうじゃなくて」

慌てて、珠季が両手を振りながら否定するも、流星がすかさずその手を握り、

「あはは、悪いな。相談に乗ってたのに、こっちが惚気(のろけ)てしまったようだ」

と、先輩カップルらしい余裕を演じた。

珠季も仕方なく、

「ふふ、昔のことを思い出すのは、ちょっと恥ずかしいけど」

なんて笑ってやり過ごす。

「ったく、さすが演劇カップルだな」「私たちも見習おうね」「そうだな」

満足したように二人で歩き出す同級生たちの背中を見送り、珠季は小声で流星に言った。

「ちょっと、手、離してくれる？」

「言われなくても今離す」

雑に手を離して流星は腕を組む。

「なんかどうでもいいこと思い出しちゃったわ」

「あのまま二人で余所(よそ)行きの演技をし合ったままの方が、案外いい関係性を保てていたかもな」

「そうね。あそこからあなたとの腐れ縁が始まったと言っても過言ではないわ。まあ、で

も……」

「……？」

「あの時は引き留めてくれて感謝してるわ。ありがとね」

「お、おう……」

　珠季がどんな表情をしているのか流星が確認できずにいると、新校舎の方から渡り廊下を歩いてこちらにやってくる紫燕の姿が見えた。

「おやおや、お二人ともお揃いで」

「あら、紫燕。部室まで一緒に行きましょうか」

「もちろんです。なんならお姫様抱っこして向かいましょうか。ほら、私に身を任せてくださ い珠季先輩」

「バカなこと言ってないの。ほら行くわよ」

「これは。なんだか今日は機嫌が良さそうですね珠季先輩」

「あら、そうかしら？」

「はい。この私に珠季先輩のことでわからないことはありませんから」

　楽しそうに旧校舎の方へ向かう女子たちを目で追いながら、流星はやれやれと組んでいた腕を解いた。

　先に歩いていた珠季と紫燕が、振り向く。

「ほら、広尾君。何してるの？　部活行くわよ」

「ボーっとしてると珠季先輩のこと奪っちゃいますよ広尾部長」

そんな姿を見て、流星は思う。

キザな言葉だったかもしれないけれど、間違いではなかったなと。

「まったく、うるさい奴らだ」

流星も少し嬉しそうに歩き出した。

外灯に照らされた公園のベンチ。座っている女子に、紫燕（しえん）は買ってきたホットのココアを渡した。

そして、自身も横の空いたスペースに座り、お茶を口に運ぶ。

「ありがとう、紫燕ちゃん」

「この前、看病してくれた分だから。これでチャラにしてね実々花（みみか）」

「別にいいのに。紫燕ちゃんは律儀（りちぎ）なんだから」

二人が座っているベンチの向かい側には大きな空き地があって、同い年くらいの少年たちがバスケをしていた。

ボールがアスファルトを打つ音は夜の澄んだ空気によく響き、ＢＧＭにちょうどいいと、紫燕は背もたれに身を預けた。

「はぁ〜、文化祭大丈夫かなぁ」

実々花がため息交じりに言う。

「部活のあともこうやって毎晩自主練習してるんだから大丈夫よ」

「でも、もう二週間後だよ。セリフ覚えられないよ～」

「先週よりはだいぶ抜けもなくなってるわよ」

「そうかな……。脇役でもこれなのに、部長と副部長はすごいよね。私たちの倍以上はあるセリフ完璧に覚えてるんだもん」

「あの人たちと比べるもんじゃないわ。あっちが異常なだけ」

「あはは、確かに」

「私たちみたいな凡人は凡人なりの努力をすればいいだけよ」

「えへへ～、紫燕ちゃんと凡人仲間だね」

「それで喜ぶ感覚は凡人じゃないわね」

紫燕は呆れたように言う。

「でも、こういうの中学の時にイメージしてた高校生の文化祭前って感じで楽しいよね」

「確かに青春してる感覚はあるわね。案外、運動部じゃなくても、こういう感覚味わえるのね」

「うんうん。演劇部入って良かったなあ。紫燕ちゃんとも仲良くなれたし」

「演劇部じゃなかったら接点なさそうだものね、私たち」

「そうだよ～。クラスも違うし、多分、紫燕ちゃんのこと怖がってたと思う。オーラが怖いもん」

「それは心外ね」

「えー、自覚ないの紫燕ちゃん」

「自覚はあるわ」

「あるんかい」

　実々花は楽しそうに紫燕の肩を手の甲で叩いた。

「演劇部を二人で続けていてくれた広尾部長と珠季先輩に感謝ね」

「本当だよ～。入部したばかりの時はちょっと険悪なのかなとか思ったけど、結局ただのイチャイチャカップルだったし。最近までどっちからも告白してなかったこと自体が不思議なくらい」

「完全に同意だわ。どっちも告らないなんて本当バカよね」

「でも、付き合った以上、あの二人がこの先、別れることは一〇〇パーセントないね」

「あら、えらく自信持って言うのね」

「そりゃ～数多のカップル事情を追いかけてきた私だよ？　わかるわかる。あ、そういえば紫燕ちゃん知ってる？　Cクラスの卓球部カップル、彼氏の方が浮気しててね……」

「あーあー始まった。ていうかもう、遅いし帰るわよ」

「えー、もう少しだけ練習してかない？」

　立ち上がった紫燕の袖を掴んで実々花は駄々をこねる。

「何言ってるの。あんまり遅くなるとご両親に怒られるわよ」

「大丈夫。紫燕ちゃん家に泊まるって言ってあるから」

「なっ……勝手なことを言ってこの子は」

「この前、看病した貸しがあるでしょ～?」

「それはさっきチャラにしたでしょ」

「こんなんじゃ足りないよ～」

「数分前と言ってることが真逆じゃない」

「覚えてないよ～」

「もう……しょうがないわね」

「やったー！　紫燕ちゃんとお泊まり～」

「その代わり、みっちり練習するわよ」

「うん！　文化祭頑張ろうね！」

「そうね」

いつの間にかバスケをしていた少年たちも帰宅していた。

二人は飲み物をカバンにしまうと、その手で台本を取り出すのだった。

◆

　エキストラのお願いをしているイラスト研究部も参加し、活気が出てきた演劇部の稽古も、だいぶまとまりが出て完成に近づいていた。

　そんなある日、部員たちが小休憩を取っていると、部室の戸がノックされる。

「失礼するよ」

　やって来たのは生徒会長の水宗尊だ。

　その後ろには副会長の姿も。

「生徒会長。どうしたんだ急に？」

「やあ、広尾君。実は折り入ってお願いがあってね。君と……そこの理系女にね」

　尊が珠季を指さして言う。

　水を飲んでいた珠季は露骨に不愉快そうな表情で尊を睨む。

　二人は幼馴染みであり、犬猿の仲なのである。

　また言い合いが始まっても嫌だと思い、流星は話を進めた。

「俺たちにお願いってなんだ？」

「僕はそこの理系女は大っ嫌いだが、君たち演劇部カップルがこの学園で絶大な支持を得ているのは、事実として認めている。だから今年の文化祭のディベート大会に、君たち二人で出場してほしいのさ」

「俺たちがディベート大会に？」

流星が言ったあと、続いて実々花が尊に向かって聞いた。

「あの……ディベート大会ってなんでしょうか？」

「君は一年生か？」

「はい、演劇部一年の日比(ひび)です」

「日比君。文理選択ではどちらを志望する予定だい？」

「私は今のところ文系です」

「よし、教えよう！」

尊の文系贔屓(びいき)がまた始まったかと、珠季が部室に響くほどの大きい舌打ちをする。彼の耳にも間違いなく届いているはずだが、尊は何事もなかったかのように続ける。

「日比君たち一年生はまだ知らないだろうが、我が峰藤(みねふじ)学園の文化祭には伝統の目玉イベントがある。それが文系クラスと理系クラスによる大ディベート大会なのだ」

尊の言う通り、峰藤学園は文化祭で大規模なディベート大会が毎年行われている。

合併当初から文系理系の対立が激しかった峰藤学園の生徒が抱える日ごろの鬱憤(うっぷん)をはらす、はけ口の場として設けられ、このディベート大会により生徒たちの溜飲(りゅういん)が下がり、向こう一年、ギリギリの冷戦状態が保たれるという、峰藤にとって非常に大切なイベントでもある。

「毎年様々なお題で戦い、その勝敗は一年生の投票で決まる。今週中に生徒会からイベントの正式な告知をするつもりだが、今年のお題は既に決まっている。それがこれだ」

尊が背後にいた副会長から告知用のポスターを受け取り、それを演劇部全員に見えるよう掲げた。

『クリエイティブ分野において今後ＡＩの参入を是とするか（理系）非とするか（文系）』

流星はなかなかいいお題だと素直に感心した。しかし、

「せっかく文理間の関係が良くなり始めたのに、わざわざ対立をあおるようなイベントを続ける必要あるか？」

「広尾君。確かに君たち演劇部カップルの影響で、文系クラスと理系クラスの対立は目立たなくなってきているのは僕も認めよう。だが、この行事は伝統なんだ。三年生がまだ残っている文化祭で、僕たちの代が勝手にその伝統を止めるなんてこと許されると思うかい」

ここで沈黙を貫いていた珠季がようやく口を開く。

「バカらしいわ。時代なんて常に変動していくものよ。伝統なんて言葉に縛られて変化を拒んでいたら、何も進歩は生まれないわよ」

「ノンノンノンノンノンノーン。珠季、さすが理系女の珠季。伝統の重みがわからない堅物の珠季。本当に変化が必要ならば、一年生が今年のイベントを通じて来年に判断すればいい。違

うかい？」

「判断を下すという責任をあとの世代に放り投げて逃げてるだけじゃない」

「口の減らない理系女だ。そもそも僕は文理仲良しこよしの馴れ合いなんてごめんなんだよ」

「ふっ、本音が出たわね」

「なんと言われようが決定権は生徒会にある。我ら生徒会がやると言った以上、もうディベート大会の開催は決定事項なんだよ」

尊はポスターを丸めながら偉そうに言う。

筒状になったポスターを尊から受け取った副会長は、一歩前に出て言った。

確かこの副会長は尊と違って人格者だったはずだと流星は耳を傾ける。

「会長、それじゃあものを頼む側の態度になっていませんよ。皆様、大変申し訳ございません。仰ることもごもっともなんですが、実は三年生の生徒会ＯＢから圧力がかかっていまして、やはり我々の代で伝統を打ち止めることは困難な状況なのです。しかし、やる以上は少しでもエンターテインメント性を上げたいと思っていまして、今、我が学園のインフルエンサーとして筆頭であるお二人に出場のお願いをさせていただいた所存でございます。何卒お力添えいただきたく」

副会長の丁寧で、説得力のある言葉に、流星と珠季は目を合わせて、

「まあ、副会長がそこまで言うなら」

みなさまの声に応えて、大復刻!!!

この機会を、お見逃しなく!!!!!!

2024年1月発売予定!

ダンジョンに出会いを求めるのは間違っているだろうか 7・11・13

ドラマCD付き特装版【復刻版】

著:大森藤ノ　イラスト:ヤスダスズヒト

2024年2月発売予定!

ダンジョンに出会いを求めるのは間違っているだろうか外伝

ソード・オラトリア8・10

ドラマCD付き特装版【復刻版】

著:大森藤ノ　イラスト:はいむらきよたか

キャラクター原案:ヤスダスズヒト

この注文書に記入して、お近くの書店へお申し込みください。

書店印

書籍扱い（買切）

予約注文書

【書店様へ】お客様からの注文書を弊社、営業までご送付ください。

（FAX可：FAX番号03−5549−1211）

注文書の必着日は商品によって異なりますのでご注意ください。

お客様よりお預かりした個人情報は、予約集計のために使用し、それ以外の用途では使用いたしません。

氏名	住所 〒
電話番号	

発売予定	書名	お客様締切	弊社締切	部
2024年1月15日頃発売予定！	ダンジョンに出会いを求めるのは間違っているだろうか 7 ドラマCD付き特装版【復刻版】	2023年11月17日(金)	2023年11月20日(月)	部
著 大森藤ノ　イラスト ヤスダスズヒト	ISBN 978-4-8156-2355-5	価格 3,300円		
2024年1月15日頃発売予定！	ダンジョンに出会いを求めるのは間違っているだろうか 11 ドラマCD付き特装版【復刻版】	2023年11月17日(金)	2023年11月20日(月)	部
著 大森藤ノ　イラスト ヤスダスズヒト	ISBN 978-4-8156-2356-2	価格 3,300円		
2024年1月15日頃発売予定！	ダンジョンに出会いを求めるのは間違っているだろうか 13 ドラマCD付き特装版【復刻版】	2023年11月17日(金)	2023年11月20日(月)	部
著 大森藤ノ　イラスト ヤスダスズヒト	ISBN 978-4-8156-2357-9	価格 3,300円		
2024年2月15日頃発売予定！	ダンジョンに出会いを求めるのは間違っているだろうか外伝 ソード・オラトリア8 ドラマCD付き特装版【復刻版】	2023年11月17日(金)	2023年11月20日(月)	部
著 大森藤ノ　イラスト はいむらきよたか　キャラクター原案 ヤスダスズヒト	ISBN 978-4-8156-2358-6	価格 3,300円		
2024年2月15日頃発売予定！	ダンジョンに出会いを求めるのは間違っているだろうか外伝 ソード・オラトリア10 ドラマCD付き特装版【復刻版】	2023年11月17日(金)	2023年11月20日(月)	部
著 大森藤ノ　イラスト はいむらきよたか　キャラクター原案 ヤスダスズヒト	ISBN 978-4-8156-2359-3	価格 3,300円		

特装版は書籍扱いの買取商品です。

返品はお受けできませんのでご注意ください。

「そうね……ディベート内容自体は面白そうだし」

渋々の承諾をした。

それを聞いて、尊はまるで自分の手柄のように言う。

「ふふ、わかってくれればいい。チームはもちろん文系チームが広尾君。そして、僕も参加するよ。それと、文芸部の部長にもオファーをかけている。理系チームは珠季と……イラスト研究部から二人ってことでいいんだよね？」

尊が端で休憩しながら話を聞いていたイラスト研究部の方を見て言った。

「ああ、はい」

イラスト研究部の部長が答える。

「え⁉　イラ研そっちで出るの⁉」

流星は思わずイラスト研究部の部長に向かって声を張った。

いわゆるクリエイター側であるイラスト研究部がＡＩ否定派でなく、肯定派のチームに入ることを承諾したのが信じがたかったからだ。

しかし、すぐに流星はイラスト研究部の面々がこの稽古に早々から参加してくれている理由を思い出す。

彼らはバリバリにＡＩイラストを活用しているのだった。

イラ研の参加を聞いた珠季が困惑している流星に言う。

「ふふん、利用者が味方にいるってのは大きいわね。推論ではなく経験談が引用できるわ」

「東福寺、さっきまで大会自体にノリ気じゃなかったのに、なんでそんな嬉しそうなんだよ」

「そりゃあ、やると決まったからには負けたくないもの」

「まったく、切り替えが早い奴だ……」

流星は珠季のしたたかさにある意味、感心する。

「それじゃあ、諸君。文化祭はよろしく頼むね。広尾君はまた別日に文芸部の部長を交えてディベートの打ち合わせをしよう」

そう言って尊は副会長と共に部室をあとにした。

文化祭のやることが増えて、流星はわかりやすくため息をついた。

◆

あっという間に時間は流れて、文化祭も翌日に迫っていた。

延長された下校時刻の二十時も近くなり、ほとんどの生徒が帰宅する中、流星は一人で部室に残り、開けた窓ぶちに寄りかかりながら、明日披露する演目の台本を改めて読んでいた。

主人公がヒロインに告白するパートのセリフ部分を見つめながら、珠季と二人で読み合わせしたあの夜を思い出す。

今日最後に行った通し稽古。珠季の演技はあの夜のものと見違えるほどに上達していた。

珠季の言葉には感情がしっかりと乗っていた。

もしかしたらそれは、今日まで流星と珠季がカップルを演じ続けてきたことに起因するのかもしれない。

ただ、流星はいまだに珠季が自分のことをどう思っているのかわからずにいた。

好意を持たれていそうな素振りを見せることもあれば真逆に思えることもある。

自分とは正反対の存在。

そして、気になる存在。

それが、

「東福寺珠季……」

流星は藍色の雲を見上げてつぶやく。


「何？」


「うおっ‼」

振り返るとそこに珠季がいた。

「今、私の名前呼んだ？」

「いや、別に……っ！　てか、なんでいるんだよ。帰ったんじゃなかったのか？」

「校門からここの明かりがついてるの見えて。消し忘れたかなって気になったのよ」

「戸締まりは俺がするからいいって言ったじゃないか」

「だから、そのあなたが消さずに帰ったと思ったのよ。まさか残っているなんて思わなかったわ。一人で何してるの？」

「台本を読み直してたんだよ。まあ、別に今さら読み直したところで修正入れるわけでもないけど」

「ふーん、そう」

そう言うと、珠季は流星が寄りかかっている場所から二つ隣の窓を開けて、夜空を眺めるように顔を出した。

そして、乾いた夜風の匂いを嗅ぎながら思う。

（いや、今絶対に私の名前呼んでたわよね）

流星も珠季につられて、目的もなく窓から顔を出す。

そして、思う。

（え、これ、なんの時間？）

外からは、帰るのがまだ名残惜しいのか、校門に溜まって喋る生徒たちの声が聞こえる。

「そういえば、ディベート大会のポスター、校内中に張られているわね」

「ああ、それも俺たちの対立をこれでもかってくらいあおる構図だったな」

「カップルで出場すると忖度があるんじゃないかって思われないよう、尊があえて過剰に演出したんでしょ、きっと。ただでさえ文系理系の架け橋って言われてるんだし私たち」

「けっこう知り合いの先輩や同級生からも、絶対勝てよってプレッシャーかけられるしな。十分、忖度なんてできそうにない雰囲気だ」

「あら、広尾君も？　私もけっこう言われるのよね。それとこれとは別って考えるのかしら、みんな」

「長年根付いた伝統意識はそう簡単に払拭できないか……」

「そうね……」

再び沈黙が訪れる。

気まずい空気が流れる中、しばらくして珠季が切り出した。

流星は視線を前に向けたまま、耳を傾ける。

「あのね……テニス部の女子に誤解された日から、私なりに恋愛について研究してみたの」

「へー。珍しいこともあるもんだ」

(恋愛に対して研究という言葉を使うのはおまえくらいだがな)

「それで、発端となったその夜にあなたが言っていたこと、私も理解できるようになったわ」

「俺が言っていたことって？」

「その台本に書いてある告白シーンのことよ。主人公に呼び出されたヒロインが告白されることを察しているという理屈」

「ああ。ようやく定番のシチュエーションってのを理解できるようになったってことか」

(ていうか理屈って言うな、理屈って)

「最初は統計学的な方面の話だと思って苦戦していたのだけれど、思考を変えてみて、行動心理学を学んだらスッと紐解けたわ。『ハード・トゥー・ゲット』と『ピーク・エンドの法則』から導き出した理論なのね。ようやく納得できたわ」

「……そうか」

(いや、なんて？　なんの法則？　違う違う、そんなよくわからん心理学持ち出さなくても、空気を読むだけなんだよ。研究って言葉にツッコんでみたけど、こいつ本当に研究してたわ)


「……」

「……」

(え、だからこの時間、何!?　めちゃくちゃ帰りづらいんだけど。てか東福寺は戸締まりの確認で来ただけなのに、なんで居座ってるの？)

そんな珠季は星空を見上げながら流星に聞こえるくらいの大きさでため息をついた。

「はあ……」

「……」

（早く告りなさいよ！　何してんのよこの男！　さっき私の名前呼んでたってことはそういうことなんでしょう⁉　わざわざシチュエーションも作って、今がそのシチュエーションであるアピールもしてるでしょうが！　いくじなし！）

雰囲気を作るなどという、理系らしからぬ策略を実行したというのに、全く反応を見せない流星に珠季はイラ立ちを積もらせていた。

そして、あまりに続く沈黙と異様な空気に、流星も気づき始める。

（あれ……これってもしかして）

コソーっと眼球だけを動かして、珠季の表情を窺う流星。

同じように視線だけで流星の様子を確認していた珠季と目が合い、お互い刹那の速さで目を逸らす。

（やっぱりそうか……！　空気を読むだけなんて偉そうに言ってたさっきの自分が、まさにブーメランじゃないか……！）

（広尾君と目が合った……ようやくその気になったのかしら、まったく）

（東福寺……俺に告白するつもりだな！）

（さあ、いつでも来なさい）

（それなら……）

「敵に塩を送るってことわざの由来、知ってるか？」

流星が口を開いた。

珠季は黙って聞く。

（告白するための前振りかしら。いちいちドラマチックにしたがる広尾君らしいわね。まあ……付き合ってあげるけど）

「今川と北条の塩留めによって塩不足に陥ってた武田信玄に、宿敵である上杉謙信が塩を送って助けたって話でしょう？　さすがに知ってるわよ」

「その通り。二人のライバル関係は川中島の戦いで有名だろう。今も川中島には古戦場が史跡公園として残っている。アニメやゲームなんかの戦国時代をモチーフにした作品でも、ワンセットの扱いが多く、人気が高い武将でもある。しかし、この『塩を送る』の部分を誤解している人も多いんだ」

「誤解？」

「上杉謙信が武田信玄に無償で塩を送ったと思ってる人がいるが……」

「え？　そうじゃないの？」

「実際は無償で送ったわけじゃない。今川や北条のように塩の販売を禁止しなかった。それも、高値ではなく正式の価格で販売するよう商人に命じた。これが正解だ」

「なるほど……。助けたというより、あくまで公平を維持させた、という感じなのね」

「まあ、諸説あるが……俺は敵を助けたという美談より、武力で争いの決着をつけるため対等な立場を保った二人の関係性にこそ美学を感じる」

「なんとなくだけど、珍しくあなたの言っていることがわかるわ」

「そうか、俺も珍しくだが、わかってもらえて嬉しいよ」

「そう」

「ああ」

「……」

「……」


（え⁉　終わり⁉　告白は⁉　むしろ告白しないなら、なんだったの今の話！）

（わかってくれたか、東福寺。そう、上杉謙信と武田信玄はまさに俺とおまえ。おまえが告白しようと作ったこの場、そして踏み出せずにいる現状、俺からは塩を送らない。しかし、対等な立場として……唯一無二のライバルとして、おまえが塩を求めるなら俺は差し出す準備ができてるぞ。さあ、遠慮せずに告白しろ）

「あのね……」

　珠季が短い沈黙を破った。

　流星は来たかと心の準備をする。

「ニューカムのパラドックスって知ってる？」

（ニューカムのパラドックス？　告白するための前振りか何か？）

「いや、すまん。知らない」

「例えば、広尾君の前にAとBの箱があるとします」

「うん」

「Aの箱はガラスで、中には一〇〇〇万円入っているのが見えます。一方、Bの箱は分厚い紙で中身が見えません。箱の中には何も入っていない、もしくは一〇億円が入ってます」

「一〇億？　また大きな額が出てきたな」

「さて、広尾君に与えられた選択肢は二つ。一、Bの箱だけを開ける。二、AとB両方の箱を開ける。広尾君には開けた箱に入っていたお金を差し上げます」

「……ん？　そんなの二以外の選択あるか？　たとえBにお金が入ってなかったとしても、両方開ければAの一〇〇〇万円はもらえるんだろ？」

「そうね」

「それでもしBに一〇億円入ってたら、それももらえるんだろ？」

「そうよ」

「二を選んだ時のデメリットがないじゃないか」

「その通りよ。じゃあ、一つ条件をつけ加えましょう。Bの箱に一〇億円を入れるかどうかを決めたのは、この私です」

「なるほど、それで？」

「そして私は予知能力を持っています。これまでしてきた予知は外れたことがありません」

「百発百中の予知能力ってわけか」

「なので、私は広尾君が、一の選択をするか、二の選択をするか、既に予知能力を使って未来を見ています。広尾君が一の選択……つまりBの箱だけを開ける場合を予知していたら一〇億円を入れています。逆に二の選択、両方の箱を開けると予知していたら一〇億円を入れていません」

「話が一気に変わってきたな。さっきまでは二の選択、一択だと思っていたが、二の選択をすると東福寺に予知されているなら、Bにはお金が入っていない。じゃあ一の選択をして、一〇億円を確実に入手する方がいいに決まってる」

「なるほど、では、広尾君は一の選択をするということでいいんですね？」

「ああ、そうだな……いや、ちょっと待って」

「どうしたの？」

「俺が一の選択をするということを、東福寺はもちろん予知していたんだよな……」

「そうよ」

「じゃあ、今この状態でBの箱には確実に一〇億円入っている……。それは過去の事象であって時間遡行（そこう）でもしない限り覆（くつがえ）らない」

「もちろん、私に時間遡行の能力なんてないわ。できるのは予知だけ」

「じゃあ、二の選択をすれば、最大報酬の一〇億円＋一〇〇〇万円が手に入るってことじゃないか」

「一〇億円と比べると少し麻痺してしまうけど、一〇〇〇万円も十分大きな金額よね。じゃあ、やっぱり二の選択にする？」

「いや、待て。東福寺の予知は外れたことがない。今俺がこうやって選択を変えたことも予知されていたなら、Bには何も入っておらず、結局一〇〇〇万円しか手に入らないのでは……いや、でもそれすらも予知されているなら……ああ！　わからない！」

「これがニューカムのパラドックスです。経済学者は支配戦略を取り、二の選択肢を選ぶ方が合理的だと判断するわ。これはゲーム理論に基づいているのだけれど、まあ、簡単に言うと、最大利益（りえき）をもたらすための最適な行動ってことね。だけど、実際にニューカムが行った実験では一の選択肢を取った人は五五パーセント、二の選択を取った人が四五パーセントだったらしいの。非合理的な選択を取る人の方が多かったというわけね」

「確実に一〇億円を取った方が合理的な気もするけど」

「また矛盾の世界に落ちる？」

「うう……」

「例えばこれがAが一億円でBが二億円、くらいの差だったらわかりやすいかしら？」

「ああ、それなら文系の俺でも二の選択が合理的って思えるかも」

「元の実験で提示されている額でも実際はみんな、二の選択の方が合理的だと感覚的に理解しているはずよ。だからこそさっきの広尾君みたいに矛盾の世界で悩むのだし」

「それもそうだな」

「人間っていうのは必ずしも合理的な選択をする生物じゃない……最近私もそんなパラドックスを感じるようになったわ」

「わかるよ。俺もいつもそんな感じだ。曖昧で抽象的で、正しさなんて存在するのかと猜疑心(さいぎしん)が生まれるこの矛盾だらけの世界。だから俺は創作の世界に答えを求めるのかもしれない」

「そうね。あなたとカップルを演じて、恋愛というものに目を向けるようになって、少しずつ、それが私にも理解できるようになったのかも」

「そうか」

「うん」

「……」

「……」

（え、いや告白は⁉　今の流れ、東福寺の割にいい感じに持ってくじゃんって思ってたのに肝心な告白は⁉　そんな臆病になるなよ）

（完璧な流れだったわ。広尾君も感心してるんじゃないかしら。私も恋愛という非合理的な感情を受け入れることができるようになったのよ。十分伝わったわよね？　だから、そんなビビってないで告白していいのよ）

二人は外に出していた顔を同時に引っ込め、窓を閉じた。

そして向き合って、真剣な表情で見つめ合う。

（さあ、東福寺）

（さあ、広尾君）

（告白しろ）（告白しなさい）

ガララッ――。

唐突に部室のドアが開いた。

「そろそろ帰れよ～」

見回りに来た教員だ。

流星と珠季は慌ててカバンを抱える。

時計を見ると二十時を過ぎていた。

結局やっていたことといえば知識のひけらかし合い。

無駄に時間だけを費やした二人は同じことを思うのだった。

今の時間なんだったのだろう、と。

ACTOR 広尾流星

地元でも有名な峰藤学園とだけあって、文化祭は大勢の人が集まっていた。

特に今年は俺たち演劇部カップルの効果なのか、例年より来場者が多い。

最近はカップル配信や恋愛リアリティーショー番組なんかが人気だが、他人の恋愛というのはこうも人を惹きつける何かがあるのだろうか。

俺も今までは小説や映画で他人の恋愛を楽しんでいた側ではあるが、いざ見られる側になると、どうも何が楽しいのだろうと不思議に思ってしまう。

そもそも厳密に言えば、俺と東福寺は恋愛していないのだけれど。

恋愛していない……。いや、本当にそうなのだろうか。

だったら昨夜のあの時間はなんだったのだろうか。

恋愛経験がない俺でも、文化祭前夜に部室で二人きりというシチュエーションがどんなものかくらいはわかる。

しかし、東福寺は告白してこなかった……。

ならば、やはり。

さすがに、答えは明白だ。

俺と同じ。

相手の告白を待っていた。

俺たちはずっとそんなことを繰り返してきたのだろう。

告白した方が負け。

だけど、わかってる。

プライドが高い俺たちがこの勝負をいつまで続けていたって進展などないこと。

問題は、俺がどう思っているか。

東福寺が告白してきたら本当に付き合ってやってもいい。そんな受動的なスタンスを貫いてきた俺なら、別に進展などしなくても困らないだろう。

じゃあ、なんで俺はこんなにモヤモヤしてるんだ。

昨日、とんでもないチャンスを逃してしまったのではないかと考えてしまう、この焦燥感（しょうそうかん）はなんなんだ。

「文系チーム、登壇（とうだん）お願いします」

舞台袖（そで）にいた俺に文化祭実行委員の女子が声をかけた。

「よしっ。広尾（ひろお）君、行こうか。堅物理系の珠季（たまき）の奴をケチョンケチョンに論破してやろう」

隣にいた生徒会長の水宗（みずむね）が俺の肩に手を置いて言う。

ステージの奥からは体育館を満員にしているギャラリーの話し声がザワザワと響き、俺を現実の世界に引き戻した。

とりあえず、今はディベート大会に集中せねば。

水宗、そして文芸部の部長と並んでステージに登壇すると、観客の声はより一層ボリュームを上げ、盛り上がりを見せる。

少し緊張してきた。

逆側の舞台袖からは、東福寺率いる理系チームが登壇する。

俺たちはステージにハの字に並んだ長机に着き、お互いに向き合った。

そして、中央にいる司会が進行をする。

「始まりました、我が峰藤学園の文化祭、最大のイベントである文理対抗大ディベート大会‼今年はあの文系理系の架け橋と呼ばれる演劇部カップルが各チームに参加してくれました！」

歓声が大きく上がる。

司会のあおり方が上手いのか、会場の熱が一気に上がったのを肌で感じる。

「そして、肝心のディベートテーマはこちら！」

ステージに展開されたスクリーンに今回のお題が映し出される。

『クリエイティブ分野において今後ＡＩの参入を是とするか、非とするか』

「演劇部カップルはそれぞれ学年トップの成績を誇る、文系理系の代表でもあります！　高レベルなディベートが期待されますね！　一年生諸君！　勝敗を決めるのは君たちだ！　さあ、刮目せよ。大ディベート大会スタートです！」

司会の合図とともに、開始のブザーが鳴った。

まずは各チームの立論からだ。

スクリーンに映された討論時間は五分間。

ここではそれぞれの主張を明確にする。

先に発言をするのは肯定派。理系チームだ。

切り出すのはやはり、東福寺。


「まず、前提としてここで言う『クリエイティブ分野』とは、イラストや漫画などをはじめとするエンターテインメント作品、及び、小説やコント、漫才の脚本など文章を主体とした創作物も含めると定義します」

「これらにおいてＡＩの参入がもたらす最も大きな利益は時間対効果、タイムパフォーマンスにあります」

「ＡＩの特徴でもある量産ができるという利点はもちろんのこと、企画を起こしプロット化、製造までの作業も省略できるので、文化の発展スピードが著しく向上するのは明白です」

「また、文章は書けるけどイラストが描けない、キャラクターは描けるけど背景が描けない、演技はできるけど脚本が書けない、など、不得意な分野が足枷となって得意な分野を生かせないクリエイターのアシストとしても優秀な働きをし、多くの人が活躍の場を広げることができるでしょう」

「クリエイターにとってのメリットは明確で、参入を拒む理由はありません」


東福寺は凛とした表情で語った。

事前に準備しているカンペに視線を落とすことも一度もなかった。

さすがと言ったところか。

会場にも感嘆の声と大きな拍手の音が響く。

再び五分間の時間がセットされる。

次は否定側の立論だ。

俺が代表して発言する。

「クリエイティブ分野という文言を、我々は今最も話題となっているＡＩイラストに限定し、否定しうる要素を挙げたいと思います」

「まず、みなさん。今、ＡＩイラストによるトレース問題をご存知でしょうか。ＡＩの性質上、既存のマテリアルを学習し、そこから完成品を抽出することは知っていると思います。イラスト分野で言えばその学習する元絵にはもちろん著作権の概念があり、トレースしたかのように同じ構図のイラストが抽出された場合、いわゆるこれはトレパクとなるでしょうか」

「実際、著作権とは複雑なもので、例えば構図やポージング自体の著作権を主張したとして、それが認められるのは難しいと言われています」

「しかし、みなさん。実際にクリエイターの気持ちになって考えてみてください。自分が何年もかけて培ってきた技術で、何時間もかけて創作した作品。それを赤の他人に自分の作品だと主張されたらどう思いますか？」

「その理由としてＡＩによる学習だからトレパクにはならないと言われても、納得ができるでしょうか？　クリエイティブ分野にＡＩの参入を許すということは、その危険性を許容するということです」

「僕も演劇の脚本を書いていますが、自分で創作した作品たちはまさに子供です。創作とはその人の感情や人生観が反映されるから味が出るのです。確かにＡＩの利便性は素晴らしく、未来のためにも発展させるべき分野だと思いますが、それと同時に、クリエイターの未来を守るためにも、ことクリエイティブ分野において、ＡＩの参入に関しては慎重になるべきだと思います！」

俺は余韻を残すために語尾を強めた。

会場からは拍手が起こる。

しかし、先ほどの東福寺が行ったスピーチに比べると若干弱い気もする。

最初の立論にするには少しセンシティブな問題に触れすぎたか。

だがディベートはここからが本番だ。

互いの主張に反対尋問、そして反駁していく。

特に峰藤のディベート大会ではこの反対尋問と反駁を制限時間いっぱい流動的に行い、議論を白熱させるのが特徴だ。

さっそく、理系チームのイラスト研究部が反論をしてきた。

「僕たちイラスト研究部はこの先、必ずＡＩを活用する技術は必要なものになってくると判断し、今年の展示会もＡＩイラストを用いました。実際にそのおかげで創作時間は短縮され、演劇部のエキストラとして練習に前倒しで参加できましたよね！　身近にメリット出てるじゃないですか！　その恩恵を受けておいて、一部の問題を持ち出して否定するのはどうなんでしょうね広尾君！」

痛いところをついてくる。確かにイラスト研究部が前倒しで練習に参加してくれたことで余裕を持って演目の準備ができた。

「確かに、その件については非常に助かりました……」

ディベートとしては不利になる返答だ。

が、生徒会長の水宗が反論をする。

「演劇部の件と参入の是非は切り離すべきだねー。なぜなら前者は個人的な問題であり、後者は社会的問題だからだ。そもそも君たちイラスト研究部はプライドというものがないのかね。今まで自分の手で描いていたものをそうも簡単に機械に任せるなんて。ＯＢの方々も泣いているに違いない」

イラスト研究部はそれを聞いて唇を噛みながら立ち上がった。

「ぼ、僕たちだっていろいろ悩んで決断したんだ！　新しい物を取り入れる勇気がない奴に言われたくない！」

同チームながら今の水宗の言い方には俺も不快感を覚える。が、これはディベートであり、感情的になってしまったら観客も図星をつかれたのだろうかと勘ぐってしまう。

それを、察したのか東福寺がイラスト研究部に代わって冷静に反論した。

「まず一つ。我々の主張ではタイムパフォーマンスをメリットとして明確に挙げたので、演劇部の件は具体例として有用性がある。二つ。絵を描く手法が人間の手か機械かで言ったら、イラスト分野においては既にペイントソフトを使ったデジタル絵が主流になっていて、そもそも機械を使っているので、的外れ。反論をするならしっかり勉強してからものを言ってくださるかしら、生徒会長様」

東福寺はサッと後ろに髪をかき上げる。

その瞬間、会場がワーッと盛り上がる。

横を見ると、わかりやすく水宗がイラついた顔をしていた。

その奥にいる文芸部の部長は東福寺のオーラに気圧されたのか、完全に表情がこわばっている。

会場のムードも理系側に傾きつつある。

ここで社会的なトレパク問題を引っ張っても、あまり効果は見込めないだろう。

ならば感情に訴えかける。

大衆の心を動かすのはいつもドラマである。

「イラスト研究部には演劇部の部長として感謝している。しかし、広尾流星、個人としての意見を述べるなら、俺はイラスト研究部が描くイラストが好きだった。迫力があって、まるでそこにキャラクターがいるような絵だった。俺はゼロから一を作り出す苦悩を知っている。だから創作者の仲間として、イラスト研究部のファンだ」

「広尾君……」

イラスト研究部のトーンが下がる。

「それに、悩んだということは、イラ研自身もＡＩの参入に否定的な気持ちがあった証拠じゃないか？」

「そ、それは……」

「俺はここにいる一年生にも去年の文化祭で見せてくれたようなイラスト研究部の心がこもった絵を見てもらいたい！」

静かな拍手が起こった。盛り上がりとは違う、透き通った拍手だ。

今言った言葉は俺の本心だ。

ドラマを最も強く引き立てるのは、やはり人間の熱意。

心の底から出る思いだ。

先ほどまで理系優勢だった会場の雰囲気が、フラットな位置に戻ったのを感じる。

そんな空気を察知したのか、東福寺がすかさず反駁を繰り出す。

「作者が新しいものを受け入れようと努力しているのに、それを認められなくてファンと言えるのかしら？」

感情論には感情論というわけか。

俺は言い返す。

「ファンだからこそ、その人の持つ個性を大事にしてほしい。さっき君は、今のイラストは既にペイントソフトを使っているからＡＩと同じく機械によって創作していると言ったが、それは違う。俺も脚本を書く時はワープロソフトを使ったり、スマホのメモ機能を使うが、それはアウトプットのツールがデジタルだというだけに過ぎない。あくまで創造するのは自分の脳だ。

しかしAIはその名の通り人工知能。創造の部分まで彼らの脳に任せてしまっているんだ。だからAIを使って創作する人は技術者ではあっても創作者ではないと俺は思う」

「クリエイティブ分野にAIが参入することの是非を討論しているのであって、利用者の肩書きを定義づける話をしているわけじゃないわ。技術者がクリエイターを名乗って何が悪いの？」

俺と東福寺のやり取りを見ていたギャラリーがザワザワとどよめき始めた。

いつもは仲睦まじい演劇部カップルのピリピリとした言い合いを目の当たりにして、動揺しているのだろう。

けれど、俺たちはこれが日常だ。

俺は机を人差し指でトントンと叩いてから、反論を続ける。

「創作っていうのは人間の特権だ。人が作る歪さこそが、誰かの心を動かす！　プログラムにそれができるか！」

「その人間が作り出したものをラーニングするのがAIでしょう！　本質的に作品の完成度は変わらないじゃない！」

「コピーに価値がつくなら、『ブランド』という言葉はとっくになくなっている！」

「経済の発展に『量産』は重要な工程よ！　そもそも生物の根源は進化にあるじゃない！」

「技術の進化と芸術の進化を混ぜるなと言っている！」

「はい、本音が出たわね！　要は自分の気に入らないものは受け入れたくないだけってことね！」

「誰もそんなことは言ってない！」

「今言ったじゃない！」

「そっちだってクリエイターの感情を無視しているじゃないか！」

「別に無視してないわよ！」

「してる！」


「え、あれマジゲンカしてない？」『てか迫力すげー』『文系理系の一位同士、意地と意地とのぶつかり合いだな』『どうせカップルだから忖度あるって言った奴、誰だよ』『見応えあるな』『なんか逆に怖いわ』『仲良くしてほしい』

様々な角度からあらゆる意見が聞こえてくる。

文系理系の架け橋と呼ばれる仲良しカップルが、こんな罵り合いしていたら、そりゃ、みんな戸惑うだろう。

でも、これが俺たちだ。

スクリーンに映し出された反対尋問タイムの制限時間は残ること二十秒。

収拾がつかないほどに言い合いを始めた俺と東福寺に見かねたのか、水宗が大きく手をパン

パンと叩き、まとめに入った。

「まあまあまあ、二人とも、熱くならない。これはあくまでディベート大会。反論のし合いはそこまでにして、最終弁論で決着をつけようじゃないか」

余裕のある口調だ。

ちょうど二十秒が過ぎ、ブザーが鳴る。

最終弁論に移る準備を各チームが始めた。

その最中、水宗が俺に耳打ちをする。

「いやー、広尾君のおかげで盛り上がったよ。生徒会OBたちも喜んでいるに違いない。しかし理系の奴らがあんな取り乱す姿を見れて、個人的にも大満足だ。ははは」

横目で表情を覗く（のぞく）と本当に満足げな顔をしていた。

俺は「それはよかった」と生返事だけして、最終弁論用に準備していた原稿を手元に備えた。

一分の余白を終え、再びスクリーンにストップウォッチがセットされる。

先に最終弁論を述べるのは理系チームだ。

東福寺が原稿を持って立ち上がる。

さっきまで騒がしかった会場の雰囲気もシンと静まり返っていた。

緊張感で空気が張り詰める中、東福寺の弁論が始まった。

「先ほどは熱くなりすぎて、お見苦しいところを見せてしまい申し訳ありませんでした。討論を踏まえ、やはり我々は、クリエイティブの分野にＡＩの参入を拒むことはあらゆる可能性を断つことにつながると考えます。最初は否定されてきた新しいものが、のちに大きな人類の財産になるという事例が多々あることは、歴史が証明しています」

「しかし――」

「文系チームが言う通り……確かに創作とは、人間の手でしか作れない、言葉では表現するのが難しい、とても抽象的な何かがあるのかもしれません。便利なものが正しいとは限らない。何で作られたかより……誰が作ったかを大切にする人々もいるでしょう」

「演劇部の脚本は全て(すべ)広尾君が考えています。彼の作るお話が私は大好きです」

「きっと、私は……ＡＩが作った脚本と、広尾君が作った脚本があったら、その見分けをつけられると思います。どんなにＡＩが進化し、あらゆる文学を学ぼうと、彼の作る脚本は真似できないでしょう」

「そんな素敵な才能を持ったクリエイターの未来は、守られるべきものであると、我々はこの討論を通じて感じました」

「以上です」

東福寺の最終弁論が終わる。

会場は依然として静かだった。

彼女の予想外な弁論に困惑しているのかもしれない。

隣に座る水宗は勝ち誇った顔で俺に言った。

「広尾君の反論で完全に怖気づいたね珠季は。ディベートで相手の主張を肯定するということは負けを認めたようなものだよ。ククク。さあ、広尾君とどめを刺してやってよ」

「ああ、任せろ」

俺は東福寺が座ったのを確認し、立ち上がる。

こちらの最終弁論の時間だ。

俺は原稿を手に取った。


「冒頭で述べた通り、クリエイターは一つの作品を手掛けるのに、たくさんの時間を使い、労力をかけ、少しでもいいものを創ろうと努力しています。それはイラストだけではありません。物語を書くのもそうです。お笑い芸人さんの漫才やコント、はたまた、たった数秒の一発ギャグを考えるのにだって、その背景には見えない苦労があるのです」

「そして、そんな苦労があるからこそ出せる味というものがあります。みなさんも好きな漫画家さん、芸人さん、歌手、アイドル。いますよね？」

「なぜ好きなのか。それはその人が真剣に私たちを楽しませようとしてくれるからじゃありませんか？　だからその人の作品が好きなんです。残念ながらＡＩ自身にはそのような能動的に発信する感情はまだありません。一方通行の消費なのです」

「一方通行であると、次第に消費者側の要求のみが膨れ上がり、コンテンツは縮小化の道を辿(たど)ります。ゆえに我々はクリエイティブ分野におけるＡＩの参入を是とするのは早計(そうけい)であると結論づけます」

俺の隣で水宗がゆっくりと拍手した。

それに連動して、会場全体が拍手の渦(うず)に包まれる。誰かに判断を委(ゆだ)ねてしまったような乾いた拍手だ。

だから俺は手に持っていた原稿を、裏返して机に伏せた。

「しかし、努力をしているのはクリエイターだけなのでしょうか」

「ＡＩを開発し、世の中をより便利にしていこうと技術を発展させる企業、そして技術者にも、同じことが言えると、私はこの討論を通して気づき、考えを改めました」

拍手がやんだ。

水宗は鳩が豆鉄砲を食ったような表情でこちらを覗く。

「ひ……広尾君？」

そんな水宗を無視して俺は続ける。

「理系チームの言う通り、新しいものを拒んでいては何も進歩が生まれない。対立しているだけでは、相手のいいところが見えてこないのです」

「古い価値観に縛られるのではなく、双方の利点をどう生かすか、そういった未来の話をすることが大事だと私は思います」

痺れを切らしたのか水宗が激しい剣幕を見せ、立ち上がった。

「き、き、き、君は何を言ってるのかわかってるのか広尾君！　これは伝統あるディベート大会であって、こんな相手の主張を認め合うような試合は前代未聞……うぶっ！」

今まで隅で無言を貫いていた文芸部部長が、水宗に肩を回しながら、その口を塞ぐ。そして、俺を見て頷いた。続けろということだ。

俺はその意思を受け継いで、マイクを持ってステージ中央に出た。

向かい側から東福寺もやってくる。

演劇部カップルの唐突な行動に、ステージ下から視線が集中している。

それらに応えるべく、俺と東福寺は前を向いた。

「この学園もそうです。いつまでも文系と理系の対立をあおっていては何も新しいものなど生まれません」

俺が言う。

そして東福寺が続く。

「このディベートに決着をつけるのは簡単です。ですが、それよりも、もっと素晴らしい選択を取ることだってできます」

そして二人で、

「『私たちは、第三の勢力『この伝統のディベートを今年で廃止する』という未来の選択肢を提案します！ 一年生のみなさん、ぜひ投票してください！」

一斉に拍手が湧き起こった。

先ほどの乾いたものとは違う。

熱のこもった拍手だ。

俺は東福寺と向き合って笑った。

東福寺はマイクを握り直すと、生徒たちに向けて最後につけ加えた。

「ＡＩでは作れない、とっても素晴らしい広尾流星君の脚本が楽しめる、演劇部の演目はこのあと第二体育館で行われます！ ぜひ、みなさんいらしてください！」

そして歓声の中、大きく手を振った。

俺は一緒になって手を振りながら、マイクの電源を切り東福寺に言った。

「おい、台本にないことを言うな」

「いいじゃない。ナイスアドリブでしょう？」

「まあ、そうだな。たまにはいいか」

生徒会長の水宗は悔しそうな顔をしているが、これもイベントとしては一つの成功と言えよう。

ステージ上で東福寺と手を振っているのは、なんだかとても心地が良かった。

◆

「うー、すごい人が集まってますー」

第二体育館の舞台袖で、日比(ひび)が声を震わせる。

「どこかの誰かさんがあんな宣伝したからな」

俺は、奥で髪を梳(と)かしている東福寺を見て言った。

「お客さんが入ることの何が悪いのよ」

至極(しごく)まっとうな意見だ。

満員となり照明も落ちた第二体育館。

あと数分で幕が上がる。

演劇部の面々、そしてエキストラを頼んでいるイラスト研究部も、みな衣装に着替えて準備万端だ。

「日比さん、ちょっとヘアセットだけしてくれる?」

東福寺だけはクラスの出し物の関係で入り時間がみんなより遅く、ヘアセットだけまだ終わっていない状態。

「はい！　任せてください！」

日比が東福寺の元に向かう。

それを見て、有崎が、

「珠季先輩！　ヘアセットなら私が！」

「ダメよ。紫燕より日比さんの方がこういうの上手なんだから」

「そんな～」

そして俺に八つ当たりする。

「なんで私を珠季先輩のヘアメイク担当にしなかったんですか。この無能部長」

「現代が舞台の恋愛ものなんだからヘアメイクなんていちいち担当作らなくてもいいだろ。東福寺だって、アイロン入れるだけなんだから」

「正論で返すなんて女子にモテませんよ。そこは悪かったと謝っておけばいいんです。勉強以外は何もできないのでしょうかね、この男は」

「おい、前半はもう許すというか、諦めるけど、この男呼ばわりはさすがにおまえの暴言に慣れているこの俺でも堪えるぞ」

「これは。心にもあることをつい口走ってしまいました」

「せめて心にもないことを口走れ」

「ところで。ディベート大会ではどこからが台本だったんですか？」

有崎が小声になって言った。

「台本？　なんのことだ？」

「しらばっくれても無駄ですよ。最初からディベート大会の廃止を訴えるため珠季先輩と打ち合わせ済みだったんでしょう？　さすがお二人の計画だけあって、見事に票は第三の選択肢に集まりましたけど」

有崎にはバレていたか。

「ディベート自体はちゃんとやったぞ。文芸部の部長やイラスト研究部に失礼だからな」

「ええ、それはわかりました。珠季先輩の立論や反対尋問の部分を広尾部長が考えたとは思えないので」

「もしかしてまたディスってる？」

「いえいえ。さすがに広尾部長の脚本能力には敬服していますよ。だけど、ロジックの立て方が珠季先輩とはやはり違うでしょう？」

「なるほど。東福寺の信者としてそれくらいは見破れると」

「そういうことです。それを踏まえて、どこからが台本だったのだろうと考えた時……討論が感情的なやり取りになったタイミングからだと推測しています」

「ほ、ほう……」

「具体的には広尾部長がデスクをトントンと指で叩いたあとからですね。あれが珠季先輩への合図だったのじゃないかとも捉（とら）えられます」

「おまえ刑事でも目指してるのか」

後輩の観察力に俺は鳥肌が立ってしょうがない。

「問題は、なぜあのタイミングなのかです。古い考えを正したいから新しい選択を後輩に提案した、という意図であの茶番劇があったのは理解できます」

「茶番劇言うな」

「しかし、それならば、台本部分は最終弁論のみでいいはずです。反対尋問で最後の言い合いをする部分はいらないかと」

「そうだな。だからそこの部分は台本じゃなかったと考えれば一番自然なんじゃないか？」

「いいえ。私の推理は外しませんので」

「何？　スーパー外科医も目指してるの？」

そして、なぜ俺はこんな尋問みたいなことをされているんだ。

「まあ本当は、あのケンカのような部分を台本に入れた理由も、目星がついてるんですがね」

「犯人の心を弄（もてあそ）ぶな。いや、誰が犯人だッ」

「あのような布石を打ったということは、おそらくこの演劇が終わったタイミングで学園の生徒に真実を打ち明けるんですよね？　本当はお二人が付き合っていないと」

「おまえ……っ⁉　いや……まあ、俺もある程度の予想はついていたが、やっぱり気づいていたんだな。俺たちが偽のカップルだって」

「実々花（みみか）のようなカップル厨ならまだしも、演劇部で四六時中一緒にいて気づくなという方が無理ありますよ。本当は面白（おもしろ）いからそのまま様子を見守っていたかったのですが……。お二人が学園の生徒たちに真実を打ち明けると考えてるなら、私が気づいてることを隠す必要もありません」

「それもそうか。だけど偽カップルを公表しようと思っていることは、東福寺には伝えてなかったんだ。その荷は俺が背負うつもりだった」

「え？　珠季先輩もそのつもりだったから、あんな宣伝をしたんじゃないんですか？」

「あれは東福寺のアドリブだよ。本当は俺がするつもりだったんだ。そこも含めてシナリオの内だったが。台本に書かなくても東福寺は意図を察したらしい」

「なるほど……さすが珠季先輩ですね」

「これだけ超満員なら、ほぼ全校生徒に俺たちが偽カップルであることが伝わるだろう」

「広尾部長はそれでいいんですか？」

「ああ、いつまでも嘘（うそ）をつき通すには限界がある。そろそろ潮時だろ」

「そうではなくて」

「ん？」

「偽カップルを解消するということは、表面上、破局するとも言えます。あとから本当に付き合うなんてことは、もう不可能に近くなりますよ。周りからすればオオカミ少年のように映り、信じてもらえなくなりますし、互いにもどこか演技を引っ張っているんじゃないかという猜疑心（さいぎしん）が生まれます」

「……そうだな」

「おや、珍しく反発しないんですね。別に東福寺と本当に付き合いたいなんて思っていない！　なんて、いつもみたいに強がると思っていましたが」

「今さらおまえに嘘をついたって、意味がないだろ」

「さすが、聡明なお方ですね」

「素直に褒め言葉として受け取っておくよ」

「では、私も素直な気持ちで答えます」

いつもポーカーフェイスな有崎の目が、熱く光っているように見えた。

そして彼女は言った。

「ラストチャンスだぞ」

相変わらずの無礼なタメ口である。
有崎に返事をする間もなく、ブザーが鳴った。
開演の合図だ。
俺たちは舞台袖で一つに集まり円陣を組む。
部長として、俺はみんなを鼓舞（こぶ）する。
「さあ、本番だ。みんなこれまでの練習の成果を出そう！」
全員の掛け声とともに、俺たちはステージに上がる。
そしてゆっくりと幕が上がった。

「送ってくれてありがとう」

文化祭の前夜。延長された下校時間ギリギリまで学園にいたことで、夜遅くなってしまい、広尾(ひろお)君が、危ないからと私を家まで送ってくれた。

確か、一年生の時も一度だけこんなことがあった。

あの日、あの夜。

意固地な私を広尾君が引き留めてくれなければ、きっと私たちは関わりを持つこともやめていただろう。

「明日のディベート大会。上手(うま)くいくといいな」

広尾君が言う。

「そうね。尊(たける)に一泡吹かせてやりたいってのもあるけど。一番は一年生たちに、私たちの考えが伝わればいいわ」

「ああ。でも台本前のディベートはガチで行くからな。その方がリアリティーも出て説得力が増す」

「当たり前よ。論破してあげる」

「へえへえ、言ってろ。あと机を叩いたら合図だからな。ちゃんと見とけよ」

「わかってるわよ。……ところで」

私は一つ気になっていることを広尾君に聞く。

「台本の、最終弁論に入る前の冒頭部分。ここって要るかしら？　無駄に罵り合ってるところ」

「ああ……それはあれだ。最終弁論につなげるための、言わば助走みたいなもんだ。感情的に言い合いしてた方が、最終弁論のお互いを認め合うパートがより引き立つだろ？」

「……まあ」

「人の興味を引くにはギャップってのが大事なんだぜ」

「はいはい。もう遅いから持論を語るのは勘弁してよ」

「いちいち言い方がムカつく奴だ。けど、確かにそろそろ帰らなきゃ俺も親が心配しそうだ。じゃあ、また明日な」

広尾君はそう言って背を向ける。

「あ……っ、広尾君」

「ん？」

「……いや、その……送ってくれてありがとう」

「それはさっきも聞いたよ。じゃあな、おやすみ」

「うん、おやすみなさい」

　私は玄関の前で、その背中が見えなくなるまで、彼を見送った。

「はぁ……言えなかった」

　湯船につかりながら、私は先ほどの会話を悔いる。

　やはり、台本の冒頭部分に広尾君なりの意図があることは、あの反応でわかった。

　だとすると、だいたいの予想はついている。

　台本の言い合いはまるで普段の私と広尾君のやり取りだ。

　なんの演技もしていない。

　素の私たち。

　それをディベート大会で見せるということは、峰藤（みねふじ）学園の生徒に、私たちの本来の関係性を見せるということ。

　ディベート大会の廃止を一年生たちに提案したいという本筋の思惑とは関連性がない。

　もっと違う、目的。

その目的に備えた行動だ。

ずっと仲良しカップルを演じていたのに、それをひっくり返すような姿をあえて見せるとなれば、答えは自ずと見えてくる。

そのままだ。

彼はひっくり返すつもりなのだ。

つまり、偽カップルであることを公表する。

台本の冒頭部分がその布石であるなら、公表のタイミングはディベート大会が終わった時。

もしくはディベート大会と同等に人が集まるであろう、演劇部の演目時。

しかしディベート大会が終わったタイミングでしてしまったら、私たちが嘘をついていたことに失望して、演劇に来てくれなくなる生徒が大勢出てしまうかもしれない。

そうすると今まで必死に劇の練習をしてきた他のメンバーに迷惑をかける。

やはり、演目が終わったタイミングだろう。

ディベートの最終弁論で、不自然なほど広尾君の脚本について触れるのも、そのあと行われる演劇の宣伝につなげるためと考えれば、合点がいく。その方がより多くの人に偽のカップルであることが伝わるからだ。

彼の描いたシナリオは、もう私の中で、方程式を解くかのように理解できていた。

だから、さっき。

あの場で私は言えばよかった。

偽カップルを公表するつもりなんでしょう、と。

私はそのことに気づいていると伝えるべきだった。

その方が彼もやりやすいだろう。

いつもはどっちが公表するかなんて責任を押し付け合っているが、いざとなったら荷を背負おうとするのが広尾流星(りゅうせい)なのだ。

そんなこと長い付き合いなのでわかる。

カッコつけ野郎なのだ。

文化祭のような大きなキッカケがないと、このままズルズル偽カップルを演じることになって、互いの負担になるだけだと判断したのだろう。

同意だ。その方がいい。公表した方が互いのためになる。

じゃあ、なんで私は言えなかったのだろう。

出かかった言葉を飲み込んでしまったのだろう。

怖かった？

私も公表することに賛同したという事実ができると、もうあとは偽カップルを解消するゴールへ向かうだけ。

そのことが怖かった……。

じゃあ、何か。
私はこのまま偽カップルを続けたいというのか。
曖昧のままでいい。
偽りでいい。
彼とのカップルを演じ続けたい。
つまり。
広尾君との関係が途切れるのが怖かった。

「ああ、もう!」

私は頭ごと湯船に潜り込む。
そんなことない。
そんなことない。
別に私は偽カップルが解消されてもいい。
そりゃあ、広尾君から告白してくるなら、本当のカップルとして続けてもいいわよ。
でも、今日、奴は告白してこなかったじゃない。
彼のシナリオがわかったからこそ、部室で告白されるかもと思ったのよ。

本当のカップルになりたいから偽カップルを解消する。このパターンだって考えていたわ。

でもそのルートは否定されたじゃない。

じゃあ、残るはただただ偽カップルであることをみんなに公表し、ただの演劇部の部長と副部長に戻るというルートじゃない。

私は別にそれでいいのよ。


「ぷあっ！」


湯船から豪快に顔を出す。

肩で息をしながら、私は水滴のついた壁を見つめた。

よし、明日はしっかり伝えよう。

言葉じゃなくてもいい。

行動で示せば、彼のことだから理解するだろう。

そう、それでいい。

◆

文化祭のスケジュールはあっという間だった。

ディベート大会の計画も無事成功し、クラスの出し物でやった焼きそば屋の店番も終わった。

気づけば第二体育館の舞台袖(そで)で衣装に着替え、開演前を迎えている。

私はパイプ椅子(いす)に座りながら、長机の上に置かれた鏡を見て、髪にコームを通す。

既に体育館の照明は落ちている状態だったので、うっすらとしか確認できていないが、ギャラリーは埋め尽くされているように見えた。

聞いた話によると、どうやら立ち見もいるらしい。

「どこかの誰(だれ)かさんがあんな宣伝したからな」

広尾君がこちらを見て言うので、私は横目で彼を見ながら返す。

「お客さんが入ることの何が悪いのよ」

ディベート大会の最後。

私は台本にないアドリブを入れた。

この演劇に多くの人がやってくるよう宣伝をした。

おそらく、これは広尾君がやる予定だったのだろう。

しかし、先に私がやることで、彼には伝わったはずだ。

広尾君がどんなシナリオを描いているのかを私が既に察していると。

これで、彼も余計な心配をせずに、偽カップルであることをみんなに公表できるだろう。

「日比さん、ちょっとヘアセットだけしてくれる？」

時間がないので横髪にアイロンをかけながら、後ろ髪も同時にしようと日比さんを呼ぶ。

うるさい紫燕をあしらいながら、二人でヘアセットを始めた。

「副部長、ディベート大会すごかったですー」

「日比さんは、どこに票入れたの？」

「もちろん、大会の廃止です」

「そう。でも廃止にするからには、来年はディベート大会くらいに盛り上がるイベントを考えなきゃよ」

「学園内大規模お見合いパーティーなんてどうでしょう」

「それ、あなたが人の恋愛見たいだけじゃないの？」

「えへ、バレました？　それがキッカケにたくさんカップルができれば、そのあともゴシップネタで楽しめる二毛作方式なんですよー」

「本当、あなたって顔に似合わない趣味よね」

「ありがとうございます」

「褒めてないわよ」

「副部長も部長に飽きたら、そこで新しい彼氏探してもいいんですよ」

「私はそんな尻軽じゃないわよ！」

「ひっ！　す、すみません副部長！」

「もう」

「そんな怒るってことは既に二股してるとか？」

「ひーびーさーん」

「すみません、すみません！」

「ていうか、あなたって私たちが推しカップルじゃなかったの？」

「そうですけど、本命が部長なら私は副部長の浮気も容認しますよ。面白そうですし」

「なら、もしそのことが原因で私たちが別れたら？」

「そ、それはダメです！　絶対ダメ！　浮気が原因じゃなくても別れちゃダメです」

「そ……そう。じゃあ、そもそも私と広尾君が実は付き合ってないとしたら……どうする？　みんなに嘘ついてて偽のカップルを演じてたら」

　私は今さら何を確かめたいのだろう。

　否定の言葉でも投げかけてほしいのだろうか。

「うーん。まあ、それはいいかなー」

「え!?　いいの!?」

「だって、部長と副部長が付き合ったことを知ったあの瞬間の喜びをもう一回味わえるってことじゃないですか」

「いや、なんでそうなるのよ」

「今が偽カップルなら、そのあと本カップルになるからです」

「だから、なぜ本カップルになる前提なの」

「運命だからです」

私がこの世で最も非科学的だと思っている言葉。

そんな言葉を彼女はあっけらかんと言う。

鏡越しに日比さんの屈託のない笑顔が見えたと同時に開演のブザーが鳴った。

「日比さん、髪ありがとう。行きましょう」

「はい！」

そして私たちは舞台へと上がった。

◆

演目は滞りなく進んでいった。

緊張感のあるシーンでは、観客の息をのむ音さえ聞こえるほどに静寂となり。

和やかなシーンではその緊張した表情が弛緩され笑い声が起こる。

会場との一体感があった。

何よりもみんな楽しそうだった。

イラスト研究部の面々も。

日比さんも。

紫燕も。

そして、広尾君も。

今まで何度も通しで稽古してきた物語なのに、まるで初めて体験するかのような没入感が、演者側にも生まれていた。

合理性ばかりをつい追ってしまう私だが、演劇をしているといつも思う。

物語を演じることは楽しい。

仲間と演じることが楽しい。

だから私も、悔いが残らないよう、必死に演じた。

広尾君が演じる主人公と恋に落ちるヒロインを。

「こんな夜中に呼び出して悪かったな。実は俺……おまえに伝えたいことがあるんだ……」

いつしか、二人で練習した告白シーンが訪れる。

「急に呼び出されたから……びっくりしちゃった……。伝えたいことって何……？」

天井から降り注ぐ照明の白い光が体中を熱くさせる。

耳の奥がジンと鳴り、彼の声以外が聞こえなくなっていた。

真っ白に照らされた世界で、真剣な表情をした広尾君が私を見つめている。

「実は俺……ずっと前からおまえのこと……好きだったんだ！　必ず俺がおまえを幸せにする！　だから……俺と付き合ってくれ‼」

これは演技だ。

この物語を生きるヒロインに向けられた言葉だ。

そして、私が返す言葉も。

演技に違いない――。

◆

「私もあなたのことが大好きです」

そこからの記憶はあまりない。

本当にヒロインの人生を送ったかのように夢中でクライマックスまで演じ、気づけば、大量の拍手に包まれ、カーテンコールの場に立っていた。

エキストラとして参加してくれたイラスト研究部に感謝の意を伝え、最後にそれぞれマイクを持った演劇部だけで舞台に並ぶ。

体育館の照明がついたことで、どれだけの人たちがこの演劇を観てくれていたのか、改めて実感する。

これだけの人がいれば十分だろう。

いつしか私と広尾君が付き合っているという噂があっという間に流れたように。

そうでないことが伝わるのも一瞬だ。

広尾君がマイクを取った。

「今日はみなさん、我々演劇部の劇を観ていただき、本当にありがとうございました」

再び温かい拍手が広がる中で、広尾君は挨拶(あいさつ)を続ける。

この挨拶が終われば、私たちの偽カップルも幕を閉じる。

思えば長いようで短い期間だった。

彼が考えた台本を演じ続け、本当はいつもいがみ合っている二人なのに仲良しカップルを装って愛想を振りまいてきた。

正直言って大変だった。

窮屈だった。

演技をするのはこんなにも疲れることなのかと、思い知らされた。

それも今日で終わり。

これでいい。

それが正しい。

日常に戻るだけだ。

そんなわけ――そんなわけあるか。

私はいつまで演技を続けるつもりなんだ。

いつまで自分の気持ちに演技(ウソ)という重りを課し続けるんだ。

演劇部をやめると言ったあの夜から。

そんな私を広尾君が引き留めてくれたあの夜から。

ずっと彼のことが気になっていた。

それがどんな気持ちなのか、理系バカの私は気づいていなかった。

ただ脳が送る電気信号だと思っていたから。

そんなわけあるか。

ただの電気信号に、この感情が支配されてたまるか。

この溢（あふ）れる感情がなんなのかくらい、いい加減わかっている。


私は広尾流星が好きなのだ。


だから、こんなにも偽カップルが終わってしまうことを嫌だと思うのだ。

偽りでもいい。

彼とのつながりを続けていきたい。

そんな演技（ウソ）にすがりつきたいほどに広尾君が好きなのだ。

偽カップルであることを公表してしまったら、もう本当のカップルになることは無理だろう。

でも、もう止められない。

これは私の意思だけの問題じゃないからだ。

偽カップルを公表すると決めたのは広尾君の意思だ。

じゃあ、どうする。

人の意思を変えられないなら自分の意思を変えるしかない。

この状況を覆す方法は一つしかない。

告白すればいい。

偽カップルを公表すると同時に改めて告ればいいだけ。

それが最後のチャンス。

少しでも時間を置いたらダメだ。同時であれば、かろうじて偽カップルを演じていた罪を上書きできる。

みんなに嘘をつき続けていた私たちが本当のカップルになることを許される唯一のタイミングだ。


「最後に……みんなにお伝えしなければいけないことがあります」


始まった。

これが終わった瞬間に言うんだ。

広尾君が好きだと。

偽カップルを演じていたけど、私は心から彼が好きだったと。

もしかしたらフラれるかもしれない。

でも、私に残されたチャンスはここしかないんだ。

「実は俺たち演劇部カップルは本当は付き合っていない」

会場がざわめき始めた。

まだ冗談だと思っている人もいるだろう。

しかし、広尾君の真剣な表情を見て、そう考える人はいなくなったようだ。

とても静かになった。

「最初は誤解から始まって……訂正できないまま今日までみんなの期待に応えるよう偽のカップルを演じてきてしまった。ディベート大会でけっこう言い合いしてただろ、俺たち。あれが本当の俺と東福寺の関係なんだ。互いによくケンカする、普通の男子と女子。みんな、騙していて、本当にごめん」

広尾君が頭を深く下げる。

そして、顔を上げてから私を見た。

「東福寺もすまなかった。相談もせずに勝手に公表してしまって。でも、そろそろ真実をみんなに伝えないといけないと思ったんだ。許してくれ」

私は手を震わせながら、マイクを口に運ぶ。
今だ。
告白しろ。
絶好のチャンスだ。
告れ珠季(たまき)！

「い……いいえ。私もそう思っていたの。学園のみんなも、騙していてごめんなさい」

できなかった。
できるわけなかった。
好きと言葉にするだけなのに、できない。
そんな簡単なことすらできない。
ようやく、思い知る。

これが恋なんだ。

こんなにも難しいことが恋なんだ。

先に告った方が負けだとずっと思っていた。

でも、違った。

違ったじゃない——。


告白できない方がよっぽど負けじゃない。


好きな人がいるのに、好きだと伝えられない方が……負けじゃない。

これはツケだ。

恋愛感情をバカにしてきたことに対する。

私の初恋は負けたのだ。


会場の雰囲気が段々と変化していく。

ボソボソと私たちに対する様々な思いが湧き上がり始めて、波になる。

「何どういうこと?」「えー、嘘だったの? ショック」「確かにディベート大会でおかしかったもんな」「演劇部カップル破局かー」「逆に言い合いしてた方が仲良さげだったし、そのまま付き合えよー」「最初に噂流したのテニス部だっけ？　さすがテニス部いい加減だな」「なんだーファンだったのに、ちょっとガッカリ」

否定的な意見もあれば、ディベート大会での布石が効いたのか、好意的、または楽観的な意見もある。

個人個人の意見は大きな塊となって、体育館を覆い尽くす雑音となった。

その渦に私は飲み込まれていく。

何もできなかった臆病な私を叱責されているかのようで、この場から逃げてしまいたくなる。

ああ、なんて私は弱い人間なんだろう。

そんな私の弱音ごとかき消すような叫び声が横から聞こえた。

紫燕だ。

「うるさい黙れ!!　あんたら今まで、演劇部カップルを散々囃し立てといて、今になって好き勝手言ってんじゃねーよ！　誰のせいでこうなったと思ってんだ！」

紫燕は右手に持つマイクに向かって怒号を飛ばした。

左手は震えていた。その手を日比さんが強く握っていた。

紫燕は目を閉じ、冷静に続ける。

「これは、心にもないことを言ってしまいました。申し訳ありません。だけど、みなさん、最後まで私たちのバカな先輩の話を聞いてあげてください」

訴えかけるような紫燕の言葉に、会場の雑音がやむ。

そして、紫燕が言う。

「どうぞ、広尾部長」

「ああ、ありがとう」

広尾君は紫燕に小さく言うと、再びマイクを口に当てる。

「不満がある人たちの気持ちは重々承知してる。困惑する人の気持ちも。あれだけ仲良しカップルを演じておいて、本当は互いに口汚く罵り合ってるだなんてな。もっと言えば、ディベート大会で見せたのはほんの氷山の一角で、裏ではもっとバチバチやってる。俺たち、性が合わないんだ。東福寺はさ、頭は堅いし、口は悪いし、すぐキレる。本当にこいつとは合わない。だけど……この学園で東福寺のことを一番知っているのは俺ってことだけは自信もって言える。みんな、こいつの私服がかわいいこと知ってたか？　意外とロマンチストなこと知ってたか？　本当はすごく繊細で優しい奴って知ってたか？　俺は全部知ってる。誰よりも東福寺を見てきたから。だから、俺はここで敗北宣言をしたいと思う」

広尾君が私の方を向いた。

「俺の負けだ東福寺。どうやら俺は本気でおまえに恋してしまったらしい。もうおまえに気がない男の演技はできない。好きだ。今度は嘘じゃなく、正真正銘、俺と付き合ってくれ」

私は真っ赤になった彼の顔を見つめる。

「私でよければ」


大きな歓声が上がった。

紫燕と日比さんが嬉しそうにしているのが見える。

あらゆる感情が溢れ出しそうで、どういう顔をすればいいかわからない。

人生で一番、恥ずかしい。

こんな大勢の前で告白される姿を見られて、多分、今の私は情けない顔をしているのだろう。

恥ずかしい。

でも、人生で一番幸せだ。

だって、ようやく演技のない私の言葉を彼に伝えられたから。

恥ずかしい思いをしなきゃ、恋の幸せは手に入れられないのかもしれない。

真っ赤な顔をしている彼も、同じことを思っているのかな。

恋愛ってのは不思議なものだ。
お互いが負けと思ってしまっていたらしい。
いや、そもそも勝ち負けで語ることが間違っているのだろう。
偽りを演じ続けた私たちに訪れたのは、勝ちでも負けでもなく。
未来なのかもしれない――。

EPILOGUE

「ちょっと、なんで『宇宙人戦争』のブルーレイ持って来てないのよ！　今日貸してくれるって約束でしょ！」

「だから明日持って来るって言ってるじゃないか」

「あのね、時間っていうのは貴重なの。私は今日観るために事前にお願いして、いろいろと計画的に予定を進めてきたのよ！」

「あー、あー、相変わらず細かいなぁ。まるでミヒャエル・エンデの『モモ』に出てくる灰色の男に時間を奪われた住人たちのようだ。心にゆとりがない。おまえには『宇宙人戦争』より『モモ』を先に勧めるべきだったよ」

「何、訳のわからない例え話で自分のミスを誤魔化してるのよ！　癪だわ！」

　渡り廊下を歩きながら部活動に向かう流星と珠季。

　そんな二人を新校舎の窓から見下ろしていた女子生徒たちが呆れた様子でつぶやく。

「まーたやってるよ演劇部カップル。あれもういろいろ通り越して惚気てるよね」

「だね。文化祭の前よりバカップル度上がってるわ」

周りの生徒からバカップル認定されていることも知らずに言い合いを続ける流星たちの元に、猛ダッシュで瑠璃がやってきた。

「こぅらぁあ!! 流星ぇえ!!」

そして、流星の胸ぐらを掴み、キスしてしまうんじゃないかというくらいに顔を近づける。

「おまえオーウェン・トリモの新作ワックス教えてやった分の報酬いつまで保留にしてんだ！早く光星の寝顔写真ニューバージョンよこせ！」

「る、瑠璃。わかってる、わかってる、もうちょい待ってくれ。最近光星の奴も警戒心強くなってて」

「それをどうにかするのが兄貴だろうが！」

「なんて暴論……」

さらに顔を近づける瑠璃を見て、珠季が割って入った。

「ちょ、ちょっと瑠璃さん、顔が近すぎるんじゃない？」

「おっ、東福寺ちゃん」

「おっ、じゃなくて。人にはパーソナルスペースっていうのがあるのよ。一般的な友人関係なら〇・四五メートルから一・二メートルまで。いくら幼馴染みでも、それ以上に近づいたら……そ、その……恋人のゾーンになるから……」

「ほうほう。つまりそのゾーンは私の特権よ、と」

「べ、別にそんなこと言ってるわけじゃなくて」

「ったく、東福寺ちゃんはそんな顔真っ赤にして相変わらずかわいいね～」

「赤くなんてない！」

「はいはい。おい流星。今日は東福寺ちゃんのかわいいところが見れたから、それに免じて許してやるよ。さっさと盗撮して来いよ」

「堂々と盗撮言うな」

瑠璃は楽しそうにケタケタ笑いながら、去っていった。

「私、顔赤い？」

「うん、まあ」

「なんであなたも赤くなってるのよ」

「そりゃ、あんなこと言われたらな」

「変な誤解すんな！」

「へいへい」

二人は照れくさそうにしながら旧校舎に向かった。

そして部室の戸を開けると、とんでもない光景が流星と珠季の目に飛び込んできた。

「私の負けよ実々花(みみか)。どうやら私は本気で実々花に恋してしまったみたい。もう実々花に気がない女の演技はできない。好きだ。今度は嘘(うそ)じゃなく、正真正銘、私と付き合ってほしい」

「紫燕ちゃん……私でよければ」

「実々花……」

「紫燕ちゃん……」


実々花と紫燕が両手を重ね合わせて、見つめ合っていた。

「おい、おまえら。そのいじり、いつまでやるつもりだ。毎日毎日」

流星がカバンを下ろしながら言う。

実々花は流星たちの方を見て、

「カップルを演じて純粋な私を騙していた罰です」

「だから悪かったたって」

流星が答えると、続いて紫燕が言う。

「謝っても許されません。信じてたのに」

「おまえは知ってただろうが」

「え、そうなの⁉　紫燕ちゃん⁉」

「騙されちゃダメよ実々花。あの人たちは前科がある悪魔なんだから」

「うん、わかった！　騙されない！　部長も副部長も許しません！」

茶番を続ける後輩たちに珠季が返す。

「いいから、部活始めるわよ」

「珠季先輩～もうちょっとかまってくださいー」

「そうですよ副部長～」

冷たい珠季に駄々をこねる実々花と紫燕。

それを見て笑う流星。

いつものように。

偽だろうが、本当だろうが、演劇部の日常は変わらない。

どんなに取り繕(つくろ)っていようと、どんなに演技をしようと、変わらない日常はすぐそこで待っていてくれる。

「何笑ってるのよ流星君」

「別に。珠季の勘違いじゃないか?」

きっと誰(だれ)もが心の中に、誰かを好きだという、揺るがない真実(おもい)があるから——。

完

あとがき

ネタバレ含みますので先に本編をお読みいただけると幸いです。

徳山銀次郎（とくやまぎんじろう）です。あとがきです。

改めて、『理系彼女と文系彼氏、先に告った方が負け2』のご購読ありがとうございました。無事完結です。

作中で偽カップルが始まった、事の発端からラストまでの期間を改めて見てみると、九月と十月の二ヶ月だけなんですね。意外と短い。

その割に、流星（りゅうせい）と珠季（たまき）がめでたく本物のカップルになれた時の達成感は濃いものだったと個人的には感じております。

それはやはり彼らが積み上げてきた人間関係があったからでしょう。人間というのは同じ生き物でありながら、ことごとく違う生き物であり、全てを分かり合うのはとても難しいことです。友人だって、恋人だって、家族だって、つまるところは他人ですから。

だからこそ、家庭、学校、職場、どこにいたって人間関係という悩みが付きまとうのです。

そして、だからこそ、人間関係を描くラブコメというジャンルは面白いのかもしれません。

理系と文系、どんなに対立していようが、互いを分かり合おうと努力する気持ちがある限り、やはり人間は同じ生き物なのでしょう。

私もそんな素敵な人間の一人になれたらなと思いながら、この物語を書くことができました。

と、今回もあとがきでそれっぽくカッコイイことを言えたので謝辞に参りたいと思います。


まずはイラストを担当していただいた日向（ひゅうが）あずり先生。一巻に引き続き、最高のイラストをありがとうございます。あずり先生の絵を見ているだけで自分の青春時代を思い出すような高揚感がありました。

また一冊の本として創り上げていただいた、デザイナー様、ＧＡ文庫編集部の皆様、担当様。本作を盛り上げようとお力添えいただいた営業部の皆様。

いつもいつも感謝しております。ありがとうございます。

最後に、完結までお付き合いいただいた読者の皆様にはお礼以上に愛を感じております。

好きだ！　みんな大好きだ！　愛してるぜ！

それではまたお会いできる日を楽しみにしております。

ありがとうございました。

徳山銀次郎

ファンレター、作品の
ご感想をお待ちしています

〈あて先〉

〒106－0032
東京都港区六本木2－4－5
SBクリエイティブ（株）
GA文庫編集部 気付

「徳山銀次郎先生」係
「日向あずり先生」係

本書に関するご意見・ご感想は
右の QR コードよりお寄せください。

※アクセスの際や登録時に発生する通信費等はご負担ください。

https://ga.sbcr.jp/

理系彼女と文系彼氏、先に告った方が負け２

発　行　　　2023年9月30日　初版第一刷発行
著　者　　　徳山銀次郎
発行人　　　小川　淳

発行所　　　SBクリエイティブ株式会社
〒106−0032
東京都港区六本木2−4−5
電話　03−5549−1201
03−5549−1167（編集）

装　丁　　　百足屋ユウコ＋フクシマナオ
（ムシカゴグラフィクス）
印刷・製本　中央精版印刷株式会社

ISBN978-4-8156-1797-4
Printed in Japan
GA文庫